『南京老字号』丛书

严敦志 主编

南京市文学艺术界联合会签约作品

马祥兴传奇

吴晓平 著

南京出版传媒集团
南京出版社

图书在版编目（CIP）数据

马祥兴传奇 / 吴晓平著 .-- 南京：南京出版社，
2020.4
ISBN 978-7-5533-2750-1

Ⅰ.①马… Ⅱ.①吴 Ⅲ.①章回小说—中国—当代
Ⅳ.① I247.4

中国版本图书馆 CIP 数据核字（2019）第 288492 号

丛 书 名　南京老字号
主　　编　严敦志
书　　名　马祥兴传奇
作　　者　吴晓平
出版发行　南京出版传媒集团
　　　　　南 京 出 版 社
　　社址：南京市太平门街53号　　　　　邮编：210016
　　网址：http://www.njcbs.cn　　　　电子信箱：njcbs1988@163.com
　　联系电话：025-83283893、83283864（营销）　025-83112257（编务）

出 版 人　项晓宁
出 品 人　卢海鸣
审　　稿　樊立文
责任编辑　金　欣
装帧设计　赵海玥
插　　图　云荟设计
责任印制　杨福彬

排　　版　南京新华丰制版有限公司
印　　刷　江苏凤凰通达印刷有限公司
开　　本　880毫米×1230毫米　1/32
印　　张　5.875
字　　数　120千
版　　次　2020年4月第1版
印　　次　2020年4月第1次印刷
书　　号　ISBN 978-7-5533-2750-1
定　　价　39.80元

南京出版社
图书专营店

序

严敦志

马祥兴菜馆是南京一家老字号清真餐馆。与南京众多餐馆有所不同,"马祥兴"由于历史悠久,菜品独特,文化深厚,以及流传甚广的故事,给人们留下了深刻的印象。

马祥兴菜馆始创于 1845 年,称其南京最早、历史最长且一直延续至今的第一家名牌清真餐饮企业,是一点都不过分的。

马祥兴是古都南京一个名副其实的品牌。稍微上点岁数的南京人都知道这家清真菜馆。提到马祥兴,人们自然会说及她的四大名菜,以及那些奇特菜名的由来;说及民国时期文人政要与马祥兴的关系,及其背后那些有声有色的传奇故事。马祥兴在历史的进程中,已经从一家菜馆逐渐推演为一个文化形象。

马祥兴的"文",首先表现在她丰富的历史内涵上。她是真正的百年老店。百年沧桑,朝代更迭,生生死死,马祥兴不仅见证了动荡的年代,见证了血火的轮回,见证了痛苦与激情的人生，她更是历经磨难、百味遍尝的古城南京的见证人。太平天国的烈火，辛亥革命的号角，民国政府的喧闹，以及解放大军的脚步声，马祥兴和南京人经历着同样的风雨阳光。马祥兴是一家菜馆，同时也是一个舞台。这里曾经上演过，至今仍在上演着一出又一出或精彩或平淡或有意或无情的戏剧。马祥兴正是在历史的大起大落之中，一步步走到今天。她犹如一株苍老的大树，录下了一圈又一圈年轮，留下了一个又一个故事。

马祥兴的"文"，表现在她特殊的兴起与发展上。马祥兴是一家清真菜馆，即经营清真食品的餐饮企业，早期经营者是典型的"回商"。南京回商以其特有的坚韧、豁达与睿智，不仅立足金陵，赢得了当地民众的尊重，并且为这座他们赖以生存的城市在全国赢得了荣誉。如果说马祥兴的起始是为金陵回民服务的，那么经过后来的变革与发展，她则是以其独有的清真特色为天下人服务了。

马祥兴的"文"，表现在她的创新思路上。她从不墨守成规、死搬硬套，而是求新求变，与时俱进。她懂得特色如何为大众服务，懂得创新与接受的关系。她没有生硬地直接以主食牛羊肉招揽生意，而是巧妙地将江南丰富的鸡鸭鱼虾地产资源开发利用，创造性地将北方回食与江南民情相结合，清真本色不变，色香味形地域化，形成真正具有南京特色的清真菜系。

马祥兴的"文"，表现在她的经营操守上。她懂得讲诚信是做生意的基本要义，懂得天时地利人和是做生意的基础，懂得抓住机遇是生意发展的关键，懂得如何利用环境、利用人际关系、利用一切可以利用的各种资源。经营之道，她始终走在人前。在残酷激烈的商战中，她不仅逢凶化吉，坚守了阵地，而且将生意越做越大，做出了品牌。

马祥兴的"文"，表现在她与知识分子的关系上。马祥兴似乎比他人更早地懂得知识的力量，因而知识分子自然地成为她的座上嘉宾。她尊重知识分子，更多地体现在尊其言，用其智，并能及时有效地将其知识转化为成果与生产力。东南大学教授胡翔东和胡小石（后者又是著名书法大家），既是马祥兴的常客，又是最热心的高参。马祥兴早期开发的名菜"胡先生豆腐"，后来创出的"四大名菜"，无不凝结着文化人的心智。

马祥兴的"文"，还表现在她的传奇上。对于这座充满故事、充满传说，真假难辨，流闻四处的酒楼，人们对她充满好奇充满想象。这恰好证明人们对她的关注、兴趣与期待，从另一个侧面展示了她的魅力与内在张力。稍稍研究一下马祥兴你就可以发现，所有发生在马祥兴的故事，无不和南京这座城市，和南京历史的兴衰，和南京民众的情感变化有着千丝万缕的联系。她的传奇寄托着一座城市及其主人的感慨与梦想。

马祥兴在历史的漩涡与转折之中，常常扮演着独特的角色，有意无意反映着历史的变化与变革。马祥兴诞生于南京城南之外，发迹于城南之内，兴旺于二十世纪三十年代，革新于二十世纪五十年代。如今，在这座城市又处于翻天覆地大发展、大变革之际，马祥兴也迎来了她又一个世纪选择。如今的马祥兴菜馆隶属南京古南都集团，在城市发展中，马祥兴曾面临迁址难题，党和政府对此高度重视、关怀备至，给予了丰厚的优惠，难题迎刃而解。马祥兴菜馆新馆无论在店址选择、规模扩张、造价档次，以及造型设计上，都可以用"空前"二字来形容。

我们想通过马祥兴迁址之机会，旧事重提，一来缅怀历史，二来总结反思，三是展望未来，让关心她的人们对她更加关心，让不了解她的人们对她有所了解，让对她好奇的人们对她有更多的期待；也让人们在茶余饭后多一点谈天说地的资料。为此，我们特别邀请了对南京民情民俗颇有研究的知名作家、资深新闻人吴晓平先生撰写了《马祥兴传奇》。相信读者阅毕此书，一定会被其文其事其感所吸引，进而被打动。

这里想说明的是：《马祥兴传奇》是"传奇"，不是"纪实"；是以历史史实为基础，通过文学描写与修饰，不乏虚构与合理想象，造就出的集小说、传记、新闻于一炉的"传奇"。希望了解、熟悉马祥兴的读者不必过于认真，究其真伪；更不必对号入座，自招不快。传奇就是传奇，说的是故事，说的是故事中的情感，故事中的成败，故事中的对立，故事中的曲直是非。尽管如此，我们还是本着艺术真实的原则，努力还原历史应有的风貌。从一个历史故事的角度，了解这座城市，了解这座饭店，以及生发在这里的形形色色的人们。或许，通过这个"传奇"，我们可以从中感悟到什么，从而对自己对人生对世界多一点认识，多一点信心，使自己生活得更如意更美好。如是，就达到我们的目的了。

（作者系中国饭店协会副会长、南京古南都
集团董事长，写于马祥兴迁址之际）

目 录

一　楔　子

清道光二十五年（1845），河南孟县发大水。大水过后，赤地千里，饿莩遍野。农民马思发一副箩担，一头挑着嗷嗷待哺的幼儿马盛祥，一头挑着一口"大铁镏"（大铁锅），携家带口，逃荒要饭，来到南京（时称江宁府）。

南京乃六朝古都，东南重镇，历代为兵家必争之地，城内人口稠密，一水秦淮穿城而过，巍巍 13 座城门拱卫森严。这一日，马思发一家走到花神庙乡，但见夕阳西下，鸦雀归巢，远远已可看见高大的聚宝门城楼了。大报恩寺塔的琉璃瓦，在夕阳下闪闪发光，塔檐的风铃声，叮咚作响，随风激荡。马思发不由心神为之一畅，遂把担子一歇，说，不走了，此地山清水秀，风水祥瑞；此处又冲要交通，人来车往的，好做生意，正是马家落脚谋生之地。

后来大名鼎鼎的马祥兴创始人，就这样来到了金陵。

二 | 荒饭铺艰苦创业
行仁义投桃报李

进城的道旁有一间破败的土地庙，没门没窗的，屋顶只剩半边。神龛上，不见土地公公土地奶奶，只有一只破碗儿，里面半碗香灰。荒年菜月，老百姓食不果腹，自顾尚且不暇，哪还有人上供烧香？庙后情状更是凄惨，荒冢累累，衰草没膝。马思发拾了一捧树枝，裹成扫帚，将破庙扫净，点艾草熏去蚊虫秽气，安顿家小。是晚，一轮明月挂在残梁上，夜风扫进屋来，靠在墙角的大铁镏嗡嗡作响。马思发思念着家乡，想着明儿个的生计，思来想去，决定还是干老营生，卖饭。

马思发逃难前，在家乡干的也是饭铺营生。大水骤然而至，他什么都没顾上拿，灶台上揭下这只能烧百十斤牛肉的大铁镏，抱起娃娃坐锅里，漫着大水就跑出来了。他知道南京城里，遍地金银，可没一块随他姓马。他能扒得着碗儿边的，还是饭铺生意。白天看花神庙地势，正是进出城的交通要道，四乡八镇进城送柴的、卖菜的、烧窑砖卖瓦片的，都要路过这里，都要歇歇脚。在这个落地卖点儿"荒饭"小生意，应该问题不大。

说干就干。次日清大巴早起身，先去附近农户兑点儿米，买点儿菜，支锅立灶，就干起来。路边搭一草棚，支起块大案板，案板上摆一摞海口大碗，几碟小菜，便算开张了。顾客大多是附近烧窑打砖的，也有赶脚的，不求精美，只图便宜，能塞饱肚子就行。当然，路口做这生意的，也不止他一家，一溜排各卖各的，南京人称他们为"荒饭挑子"，有点类似于今日街边的早点排档或大街上的快餐盒饭摊。利虽不大，成本却小，加上马思发为人厚道，饭菜干净、可口，薄利多销，生意很快就火起来了。于是，他在路边盖间草屋，前摊后场，菜肴也逐渐多起来，除了各种蔬菜，偶尔还有鱼鸭牛肉等。

大铁镏子里担来的小盛祥也一天天长大了，每天踮着脚，帮爸爸盛饭，分菜。马思发有意无意地，教小盛祥识别一些菜，包括什么菜要爆炒，什么菜要多烀……小盛祥一一记在心里。

这几日，就听市面传言，南边"长毛"造反，顺着长江打过来了。城里一日三惊，有钱人都大包小包逃难去了。听雨花台上守垒的官军说，这些"长毛"不信神，不拜佛，只拜外国的一个什么上帝。一个个红眉毛、绿眼睛，专门吃小孩心肝。也有外地过来的客商说，长毛不像官军讲的那样凶恶，对穷人还蛮和蔼的，只是因为反清，没剃头，留长发而已。那客人还说，太平军势大，已有百万人马顺江东来，旌旗蔽日，船多得江水都暴涨三尺，别看金陵城高墙厚，挡不住雷霆一击。

说话那客商身材不高，面目清癯，讲话带着浓浓的南边口音。小盛祥还是从他嘴中，第一次听到"太平军"这个词。

他听着新鲜，忍不住就多看他几眼。只见他很能吃，三大碗干饭顷刻一空，牛肉、萝卜滚滚而下，吃得汁水淋漓，信手往袍上一揩，匆匆掏钱时，却突然怔住了。手在怀里拔不出来，一脸尴尬地说："对不住了，老板，我行脚匆忙，身上没有零钱，下次一并补上如何？"

小盛祥正想说，我们又不认识你，下次到哪个落地找你去？马思发早笑吟吟走过来，说没关系没关系，两碗饭也不值几个铜板，没带钱没关系！

那客商目光炯炯，上下仔细打量了一眼马思发，二话没说，双手一抱拳，匆匆而去。

第二天，那客商从城里出来，又坐在路边饭摊前。他好像很疲惫，还是没提钱的事，但仔细去厨房转了转，出来几乎点了所有的菜。这一回，他吃得并不猛，也不多，每样菜夹了几筷就丢手了。吃完，一抹嘴，还是没给钱，只是冲马思发拱拱手，说声后会有期，便绝尘而去。

第三天大清早，天还没亮，外面发洪水似的，一片喧腾，潮水般的脚步声，马蹄声，过了一拨又一拨兵。村上人喊，长毛来了，长毛来了！一起往后山逃。就听大门砰砰响，马思发硬着头皮打开门。只见一群长发的太平军拥在门口，一色的黄风帽，领头的正是那客商，不过此刻他已是一身戎装，红褂子胸前绣着"两司马"，威风凛凛，双手一抱拳，说："我乃太平军地官正丞相李开芳将军麾下先锋罗大兴，前天奉命来探营，行色匆匆，竟忘了带钱。马老板仁义，有肝胆，菜烧得又好。我们营里许多回民兄弟，平时行军打仗，吃有忌口，

很不方便，以后就到马老板这儿开饭。"说着，递上一锭银子，说是补前日饭钱。

马思发又惊又喜，急忙唤起家人，淘米刷锅，打点菜肴，招待太平军吃喝。这以后，驻守雨花台的太平军，便经常到马老板的摊上订饭。尤其是广西的老弟兄，许多是回民，庆功办宴也叫马老板去做，银两分文不少，马思发颇赚了些银子。

斗转星移，马思发渐渐老了，干不动了，很多事情就由马盛祥办。有一回马思发生病，自觉不久于人世，便把马盛祥喊到床边，告诉他，为什么爸爸当时不收客商的钱，也告诉他马家当年的一段辛酸家史：原来，马家祖上就是开饭馆的。大约在明崇祯年间，也是兵荒马乱的，马家曾祖的曾祖就挑着一副担子闯关东。路上遇到土匪，劫掠一空，无法继续前进，就在保定府郊外定居下来。一晃多年，到了大清朝马思发曾祖这一代，马家已经营饭铺多年，在保定城外盖了家小酒楼，中午晚上卖酒吃席，早晨卖面条馄饨和包子。说起马家包子，个儿大馅子足，味道鲜美，价格却十分低廉，每天早晨乡民都排队来买。一些苦力吃不起酒菜，就喜欢点两笼包子，打一壶酒，剥开了馅子拼一盘当菜，下酒后再把包子皮吃下去，就算饭菜齐了。他们说，马家包子神仙吃了都舍不得丢，所以渐渐地四乡八镇都称其"神仙包子"，弄得城里人也专门起大早，坐马车来排队买包子，一时"马神仙包子"远近闻名。

忽一日，马家小酒楼前来了个中年人，穿着普通，秀才模样，进门就点包子。伙计说，您来迟了点儿，要光吃包子，明儿个得赶早。还是来碗面条或馄饨吧！那秀才双眉一

荒饭铺艰苦创业　行仁义投桃报李

挑，说我就是冲包子来的，你让我吃别的可不成！伙计正为难，马老板赔笑出来，歪歪嘴，叫伙计从后面端一盘包子出来。原来这包子是为中午酒席上配的点心，因为马家包子名气大，中午吃酒的客人也会点，所以店里卖完早晨一茬，还特地再蒸上几笼，留着中午、晚上酒席用。

秀才大模大样吃过包子，抹抹嘴，叫没吃完的打包带上，然后钱也不付就往外走。伙计跳起脚来要追，马老板拽住他，摇摇手，说算了，和气生财，算了。哪晓得第二天，这个酸秀才又来吃，还是专点包子，其他一概不要，而且吃过了，还是嘴一抹就走，一文不给……一连三天，天天如此。到了第四天头上，秀才吃完，看老板还是笑眯眯的不动声色，便问："店家，我一连几天，白吃你的神仙包子，你为何不要钱呢？"

马思发的曾祖父说："我看客官相貌堂堂，定是知书达礼之人。既然吃了包子不给钱，一定有不给钱的难处。我卖的是吃食，人在难处，别的可以将就，唯吃不可将就。我一跟你要钱，你就不吃了，要是把你饿坏了，那我不就成了逼死你的罪人了么？我这买卖虽然不大，可做人的道理还懂，你吃上一点儿，花不了我几文钱，算我积德行善了，我谢你还来不及，哪能跟你要钱呢？"

秀才听了头直点。马老板还怕他吃了心里不踏实，又引他登楼上雅座，隔着布帘低低说："相公，你瞧里面胡吃海喝的达官显贵们，和你那几盘包子比起来，算个什么？这些人一上席，不管吃了吃不了，都要叫上许多山珍海味，每次宴席散了，许多菜是一筷子没动，怎么端上去就怎么端下来。

我看着这些好好的菜，都糟蹋了可惜，所以就叫伙计，将那些没沾过筷头的菜，扒拉扒拉分分类，重新掺在菜里剁成馅。这里鸡鸭鱼肉很多，又没花我一文，所以我的'神仙包子'价廉物美，人人爱吃。"

秀才恍然大悟，又问："既然好吃，何不高价？"

老板说："哎，你这就不懂了，'君子爱财，取之有道'，我这包子本来就是剩菜做的馅，成本低，怎能卖高价？再说了，这也是小店的一块招牌，来吃的人多了，带动店里其他菜肴生意，等于做了一条不要钱的广告，我何必舍大取小呢？"

秀才听得眉飞色舞，连说有理有理。忽又道："你既说得头头是道，聪明过人，且问你可能猜出我是何人？"

马老板斜眼瞄瞄他说："我想你一定是进京赶考的秀才，偶尔落难在此。不要紧，俗话说，穷有好时，富有倒时，什么人都不是一辈子顺风顺水的。等你过了这道坎，一举高中，当状元跨马游街都可能的——那时候老爷可要常来小店照顾生意噢！"

状元？跨马游街？秀才哈哈大笑，说："好，明日我就来照顾你生意！"说罢，扬长而去。

第二天，吹吹打打过来一队仪仗，领头的竟是一个身穿黄马褂的太监，送来一幅黄绫裱就的御笔："一粥一饭当思来之不易，半丝半缕恒念物力维艰。"吓得马老板冷汗淋漓，当街跪接。原来那秀才竟是当今天子乾隆。他路过保定，听说马家神仙包子如何神奇，怕有民间聚会，妖邪作祟，特地过来私访。没承想听到这么番大道理，龙颜大悦，欣然命笔，送了副对联，还另加一块匾额："包融百味"，悬挂门楣。

马盛祥没想到自己祖上还有这么一段辉煌历史，心旌神摇，急问后来怎么了？马思发长叹一声，说："后来怎么了？后来当然生意越做越大，越做越好，到他祖父那辈，店面已经开进保定城里，在最热闹的市口盘下一溜排十多家店面。"也就在这时候，马家忘了发家的根本，走高价路线，"神仙包子"也不用剩菜了，怕富人觉得没有档次，一律采购新鲜原料，价格自然越来越高，包子越做越小，自然再也无人问津。加上弟兄几个闹分家，互相拆台，几年工夫，家就败了。马思发的父亲只好回到家乡河南，开个小饭铺，最后也落得只剩下一本菜谱，一口大锅，依稀让人想起昔日的辉煌。

马盛祥很想问父亲，自己的爷爷，还有爷爷的爷爷，他们是怎么起落的？那本菜谱在哪里？那御匾御笔的真迹又在哪里？可马思发不肯说，甚至连祖宗的名字也不愿意提，唯有长叹。后来他病好了，马盛祥试探问过几次，大约这是老爷子心头之痛，他始终没有说起，到死也没说。

蒋驴子难中发财
马祥兴雏凤新声

　　且说太平军定都天京后,清军随即便尾随而至,建了江南、江北两座大营。战事一天也没消停过,金陵城外成天炮火轰鸣,血肉横飞。太平军北伐、西征之后,天京格外吃紧,东王杨秀清下令主动毁弃城外营垒,收缩防线,将防务重点放在雨花台。雨花台下的庙宇、僧房,都改成御敌堡垒,在雨花台山顶筑望楼一座,与大报恩寺并峙,居高临下观察敌情。花神庙一带是太平军防区,经常与清军拉锯战,今儿个你打过来,明儿个我打过去,胆小的生意人早卷铺盖跑了。马盛祥初生牛犊不怕虎,一个穷百姓,不惧官军,和太平军也熟,所以照样做他的生意。而且,因为没有竞争对手,马家的荒饭铺子,生意反而格外好。

　　罗大兴随李开芳将军北伐后,转战江苏、安徽、河南、山西、直隶、山东六省,终因没有稳固根据地,后方接济不上,最后在冯官屯被僧格林沁的清军团团围住,粮尽弹绝。李开芳为保全将士，投书约降。僧格林沁将他们押解北京，凌迟处死。罗大兴仗着一身武艺，途中踢死两名押解清军，辗转逃回天京，后收归忠王李秀成麾下，成为忠王麾下一员虎将。战事繁忙，他难得再到马家来。

雨花台的太平军虽几经换防，但许多老弟兄已熟悉了雨花台下这家回民摊子，都和马盛祥很熟悉了，仍然照顾马家生意。有时部队上的一些回族士兵，还牵了牛羊来，请阿訇宰了，让马家烹制，说他家做菜干净。马思发已经年老力衰，年轻力壮的马盛祥正好顶上操持。马家的菜也从简单的菜肴，逐渐增加品种。那口大铁镏，终日煮着牛肉，香味四溢，给紧张的战场，平添一丝闲适的生活气息。当时老城南赶脚的还有一段顺口溜，记述马祥兴的早期"盛况"：

要吃饭，里面坐，
驴子拴在街对过。
饭又好，米又白，
牛肉煨得金黄色。
要吃好，牛肉炒小炒；
要吃多，牛肉红萝卜。

赶脚的当中有个姓蒋的，原先是淮西人，逃荒来到南京，就在南门口一带要饭。小伙子倒也伶俐，平日里见城门口有赶脚的、贩货的过来，就上前搭把手，搬搬东西下下货。赶脚的歇下来吃饭了，他便牵上驴子去饮水、喂料。哄得驴把头开心了，赏两个馒头，或扔几个铜板，也能糊一糊肚皮。

这一日，打南边过来一支驴队，驮着粮草进城。就在一个不高的土坡前，一头瘦驴发起性子来，绷紧了四蹄，扬起脑袋，嘶鸣着不肯走。驴把头从队前跑过来，挥起鞭子就打，一边打，一边还气急败坏地说：“就你个畜生会偷懒，一路上不好好走，到门口还跟老子玩这出——打死你，打死你吃驴肉！”

瘦驴前蹄一软，跪了下来，口吐白沫。蒋小伙在一边看不下去了，大声道：“你再打，再打死了也爬不上坡去，谁给你驮货？”

驴把头火了，一边继续打，一边发狠说：“老子的驴，高兴打！不打驴，打你，你给我驮货啊？”

这话明显就是骂人了。蒋小伙夺过鞭子，往地上一扔，指着驴把头鼻子说：“骚老头儿倒夜壶，你狗日敢再说一遍！”

驴把头看四下围起看热闹的人越聚越多，一时也下不得台，说：“我自打我的驴，碍你鸟事？你要能替我驮货，这驴我也不要了，送你！”

这话怎么听，还像骂人。蒋小伙脾气也上来了，对大伙说：“这话可是你说的，我驮起货，驴归我！”

一片哄闹声中，瘦嶙嶙的蒋小伙三下两下脱去对襟小褂，露出一身疙瘩肉，抬嘴向一旁看热闹的马盛祥点点头，示意帮忙。只见他一塌腰，马盛祥就势一翻腕，两三百斤重的驮架呼啦便上了他的肩，在一片叫好声中，稳稳地扛进了南门……

蒋小伙白得了一头瘦驴。也叫奇了，这是一头怀孕的母驴，蒋小伙在它嘴里塞了两个鸡蛋，休息两天，细心看护，没几日竟产下一头小驴。从此，老门东便常见这样一幅奇观：一小伙背着手在街上闲逛，身后一大一小两头驴，不拴不牵的，围着他撒欢。路人围观，亦为奇，称其为蒋二驴子。当然，有生意时他也带着驴子加入驴队赶脚，渐渐积攒些银钱，再添几头驴，拉起自己的驴队，俨然有了几分老板的气象。不过，老门东一带居民，不喊他老板，还是习惯喊他蒋二驴子。有一次罗大兴过来吃饭，听马盛祥说起这个故事，觉得蒋二驴子是个人才，索性介绍他带着驴队，给太平军拉脚。

咸丰三年（1853），清军攻占了雨花台。太平军怕大报恩寺失守，清军居高临下对城中发炮，就挖坏地基，填上炸药，连轰带炸，烧毁了大报恩寺。[①] 从那个时候起，马家的生意就不大好做。今天清军杀过来，明天太平军杀过去，人心惶惶。好在他们是卖荒饭的穷人，哪边都不得罪，夹缝中做些小本生意，日子还过得去。

同治三年（1864）初夏的一天晚上，天气闷热难耐，沉雷隐隐，天空中不时闪过道道金蛇。忽然一声霹雳，大雨倾盆而下。马思发早已睡下，马盛祥担心院子里的鸡鸭，顶着蓑衣打开门，就见雨地里戳着一个人影，吓得他汗毛都竖起来了，伸手抓过门后扁担，大喝一声："什么人？"

---

① 关于大报恩寺被毁，历史上一直有两种说法：一是说咸丰三年，太平军怕清军居高临下，在城外架炮轰击城内，太平军故意烧毁；另一种说法是，咸丰三年"韦杨之乱"中，韦昌辉怕缒城而逃的石达开带兵回来攻打天京，占据地势，特地用火烧、炸药，总共三日而毁。

黑影呻吟一声，说："是盛祥兄弟么？我是大兴，罗大兴！"

马盛祥赶紧把他让进门，窗口挂上帘子，这才点着油灯。只见罗大兴浑身是伤，鲜血和着雨水顺脚往下淌，地上顷刻一片殷红。马思发从床上撑起身，骂马盛祥："还呆站着干什么？快扶罗将军裹伤啊！"罗大兴摆摆手，说不碍事，皮肉伤，不碍事的。突然，他单膝跪倒，说："马老板，我们相交一场，原想山高水长，日后有所图报。不料清妖命不该绝，天国转眼成空。今日城已破了，我随忠王护着幼主，几次突围未成，刚才队伍又打散了。我马上还要去找忠王，路上清妖卡子太多，我身边几封文书，是天朝机密，不能随身携带，想放你这儿妥善保存。还有一点银两，是我多年积蓄，一并把你。"

其实罗大兴对马盛祥并未全说实话，因为他此时身系天朝一个天大的机密，怎敢乱与人道？天京破城在即，全赖忠王李秀成独木支撑。罗大兴是忠王一手提拔的悍将，此时早已是掌管圣库的丞相。如今天国危难，今后要想恢复天朝功业，要想留住天朝东南半壁江山，兵马未动，粮草先行，全靠圣库的这一点点家底子了。

天京破城的当晚，李秀成紧急召见了罗大兴，叫他收拾好圣库财物，随他一道突出城去。李秀成因为护驾幼天王，照顾不过来，只吩咐罗大兴跟在队伍后面，突出南门。万一冲散了，在秣陵关汇合。谁知罗大兴被人绊住手脚，居然没有跟上队伍。圣库里一点财物并不多，罗将军早收拾停当，坏事就坏在门口一堆纠缠的小王身上。天国后期，洪秀全为削弱权力，滥封诸王，小小天京城里一下冒出两千多小王。

你别看这些小王本事不大，搜刮功夫却是一流。他们听说忠王要跑，便大包小包，收拾各种金银细软堵在圣库门口，吵闹着要带出城去。罗大兴一个得罪不起，只好命蒋二驴子统统带上，捆扎半晌，等拖拖拉拉赶到南门时，忠王早带着幼天王跑远了。罗大兴不敢延迟，大喝一声，领军一马当先杀出城去。好不容易冲出城门，一回头，发现驴队并没有跟上。于是，又率领残兵再杀回头。血葫芦似的杀进城，却不见蒋二驴子的驴队。难道是乱兵中走散了？看看城门口清兵越聚越多，罗大兴不急细想，复又杀出城去……

驴队去了哪里呢？

原来这个蒋驴子，二是二，并不傻。他看罗大兴杀出重围，跑得冒顶子不见帽影子，南门外清兵复又围了上来，便跟伙计们说："乖乖隆里冬，赔本买卖做不得，先躲上一躲。"拉着头驴顺城墙根往东，钻进一片芦苇丛中。这个地方叫老虎头，原来是东吴娄侯张昭的住宅，四面是水，又称娄湖头。千百年过去，娄湖早已堰塞，因近处有一周处读书台旧迹，南京人受周处除三害故事影响，以讹传讹，慢慢便将娄湖头喊作老虎头了。当时老虎头还很荒凉，一片沼泽，蒋驴子趁黑夜将驴队拉进芦苇丛中，神不知鬼不觉。看看南门方向火光烛天，心想这样无论如何冲不出去，便悄悄将麻袋里的珠宝全部沉到水里，然后换上一些树枝柴火，塞得鼓鼓囊囊。忙到下半夜，看看南门口火光小了，便悄悄拉上驴队，出了城门。一出城就摸黑急急忙忙往秣陵关走，打算和罗大兴汇合了再做打算。不料一声锣响，路边突出一支队伍，火把亮起，竟是一队清兵。

这支队伍正是李鸿章的淮军，不敢和老师曾国藩抢功破金陵，就在外围兜捕漏网之鱼，正巧碰上了蒋驴子撞进网里。

蒋驴子一口咬死了自己就是个赶脚的，与长毛无关。淮军头目看这支驴队数目庞大，战火中从城里出来，麻袋里又装着这么不值钱的物事，定有蹊跷，举刀就想杀了蒋驴子。坐在马上的李鸿章痰嗽一声，瞪起阴森森的三角眼说："部队运输正紧，你杀了驴把头，驴队无法收拢——带走！"

就这样，蒋驴子被淮军拉夫，和罗大兴失之交臂。至于后来蒋驴子如何从战场逃脱，又如何在城南起屋九十九间半，南京故老相传是从水中捞出财宝才发的国难财，那是后话不提。

且说马思发现罗大兴浑身是血，坚持要丢下银两，便在马盛祥的搀扶下颤巍巍站起，说："罗将军见外了，自打与你相识，这些年你和太平军兄弟照顾我许多，不要说关系不错，就是不相识，此刻你在难中，我们又怎能乘人之危，要你银两呢？文书我们收着，钱你带身上，突围好用。"

罗大兴虎目含泪，说："马老板大仁大义，我这里先谢了。不过我这钱确实不能带，清妖查得厉害。这么着，你们要不肯收，算我放在你这儿的，日后若能东山再起时，我会前来找你。如果就此一别，人鬼殊途，那也就不必再说了——军情紧急，我这就上路！"

说完，罗大兴解下背上包裹，往桌上一放，转身冲入雨中。

罗大兴这一去，再也没有回来。有人说他在江宁方山附近被逮住了，头颅悬在树上多少天，爬满蛆虫；有人说他逃回广西,在一座庙里当了和尚,还取法名"罗真人",秘密串联,继续反清……总之,没有他的确切消息。

马思发当晚就搬家,到乡间暂避。其实,此前花神庙一带就不太平,清军和太平军拉锯战,今天是长头发,明儿个是辫子军,拉夫派饭,生意也没法做,马家早有搬家之意。现在手头有这么件东西,怕受牵连,连夜躲入乡间。

过了一段日子,看看战事平定,许多富人也陆陆续续回城,被湘军一把火烧作白地的金陵,垒屋起店,重又渐渐热闹起来,马家也恢复营业。考虑到雨花台下有一处回民较多的聚集地"迴迴营",马盛祥就把饭摊搬到了那儿。

说起南京的回民,有"天下回民半金陵"之说。这是因为朱元璋的大明王朝,建立在推翻元朝的基础之上,而元朝色目人、回民人数不少。朱元璋平定天下后,对故元蒙古、色目官吏、将校士卒采取"善加抚恤,密切防闲"的恩威并施政策,先将这些前朝的败兵降将集中京师南京,后分遣各地,促进融合,防止滋事。据史料记载,明初,集中在南京的回人,分别被遣送到云贵、湖南、甘肃、青海等地,形成历史上著名的民族大迁徙。所以至今青海、云南一些偏僻地区的少数民族,问起他们的祖先,都说自己是南京人,甚至能准确地说出是南京集庆门或锦绣坊的某地。他们家里的建筑、摆设,也和老南京极其相像,令人惊叹不已!另外,随朱元璋起义的淮西义军中,也有许多回民,他们"从龙入京",渐渐都成了南京籍,以后因征伐、戍守、升迁等原因到各地,仍说自己是南京人;还有在洪武、永乐年间,是明王朝鼎盛时期，来自中亚、西亚、南亚、东南亚的各伊斯兰国家的贡使、商队、船队络绎不绝，其中有不少贡使、商人最后就留在了中国，定居南京。这些人也增加了南京回民人口。据清陈作霖《金陵通纪》载：咸丰二年（1852）南京城内人口九十余万，回民约有四万，清真寺三十六座。太平天国信奉拜上帝教，三山街净觉寺被拆毁，各寺的阿訇、教职人员纷纷逃离，雨花台下的大礼拜寺烧毁无存。同治三年（1864）六月曾国荃湘军攻破天京后，又大肆杀掠，焚烧月余，全城三十六座清真寺只留瓦砾，各寺档案、文献、经籍化为灰烬。尽管如此，战乱稍定，各地回民又重返家园。南京回民还是不少，这对马盛祥的重起炉灶，打下了坚实的市场基础。

其时，马思发已老，不再问事。马盛祥正当壮年，撑起门面。他在"迴迴营"盖了间房，不大，伸手能够到门头，但门前场地甚阔，无雨天饭桌就摆在街边。没有门牌，怕人不好找，门头就用毛笔写上："马祥兴"，一二字取自名字，第三字表示兴旺发达之意，也算小小店招了——马盛祥当时再也未想到，自己信手涂鸦取的一店名，日后会享誉金陵，流传海外，一直沿用至今！

马盛祥比马思发有心劲，仗着自己年轻力壮，能吃苦，把一个小饭摊儿经营得有声有色。顾客还是穷人居多，贩夫走卒，几文制钱吃一饱的。要是付上几个铜元，就能把饭摊上菜吃全了。卖的主要还是素菜，各种时蔬，配以牛羊杂碎，都是不值钱的，但马盛祥烧得很认真，口味地道。那口大铁镏子，此刻早派上了用场，支在后间灶屋，日夜煮着牛肉牛杂，浓汤翻滚，五味杂陈，捞出切盘，入口即化。吃过的客人都说，马家火工地道！

马家在南京立住脚，日子越过越兴旺。马盛祥先后娶妻两房，一山两水，大房生子马德钧、马德铭、马德葆，填房生子马德峦、马德岑。一大家子，全靠小饭摊度日。儿女稍大即帮厨忙活，虽不宽裕，却和睦幸福。夜深人静之时，马盛祥偶尔会翻出那包银两和文书，上面的血迹已然发黑，银锭也绿锈斑斑。德钧会说："伯伯（回民喊父亲为'伯伯'，管爷爷叫'爸爸（音 bǎ）'），罗大兴肯定早死了，我们干脆把钱用了吧！"马盛祥便嗔道："瞎说！做人一定要信义在先，钱是身外之物，罗大兴既是难中托付我们保管，我们死活都不能动这个钱。要想发，自己挣！自己挣！"

四　骗钱财义士用计
得资金小店逢春

　　光阴荏苒，其间，中国历史上也发生许多惊天动地的大事。屈辱的清朝政府，与列强签订了一系列不平等条约，割地赔款，赋税奇重，民不聊生，南京城里到处可见高鼻子蓝眼珠的外国人。随着北洋水师的覆灭，维新派呼声日高，新军阀拥兵自重，革命党人活动也越来越频繁。南门外，经常杀人，号炮三声，人头落地，小民一夕数惊。

　　这一日，南门外又出红差。刚过了早市，饭摊上生意不忙，马德钧便拉着弟弟马德铭去看热闹。过了午时三刻，看热闹的人都陆续回来了，不见这兄弟俩的踪影。马盛祥先还嘴里骂着，"这两个小炮子子能躲懒，中午店里忙成这个样子，也不见他们在店里头帮忙，死哪里挺尸望屋梁去了？"后来望望不对头，马盛祥心底就不踏实，便解了围裙，去路上迎。

　　走出里许，老远就见一个穿洋服的青年学生，一手抱着德铭，一手拉着德钧，跌跌撞撞往这边跑。马盛祥吓一跳，走近了一看，德钧脸上全是血，德铭衣服也撕破了，弟兄俩哭哭啼啼。马盛祥把他们揽在怀里，忙问怎么回事？原来刚才法场上看热闹的人多，散场时兵丁挥鞭驱赶，一乱，小德铭被挤倒了，哥哥德钧拼命去拉。正在这时，一辆马车疾驰过来，眼看就要踏倒当街这两个娃儿，多亏这个洋学生路过，奋不顾身冲上去，把他们救了下来。

马盛祥千恩万谢，非要拖着洋学生去店里吃饭。这才晓得，洋学生叫汪兆贵，广东人，在下关水师学堂念书。今天是他一个同学就义，特地来刑场相送。汪兆贵岁数不大，顶多十五六岁年纪，嘴角还有细细茸毛，但英气逼人。只见他神情悲愤，慷慨激昂，全不以恩人自居，只是大谈革命道理。马盛祥对他说的那些道理，半懂半不懂，但看他神情，听他口音，隐隐就觉有些不妥。但不妥在哪里？一时也说不上来。

好在水师学堂在城北下关，离城南雨花台甚远，汪兆贵并不常来叨扰。隔几个星期才来一次，吃顿便饭，也总是付钱的。马盛祥看他口袋里摸出的碎钱，就晓得他也是个穷学生，总不让他多付。临走还要包上许多干切牛肉带上，让他晚上读书充饥。汪兆贵知道德钧、德铭都没念过书，来时常教他们识字，虽说岁数相差不大，俨然一副大哥哥派头，德钧、德铭两个娃儿很是黏他。

忽忽过了半年。一天晚上，已是深夜了，马盛祥忽听后院托的一声，似乎有人翻墙入院。大黄狗猩猩叫了两声，也就不叫了。马盛祥大奇，这狗平时凶猛，白天用链子拴着，怕伤人；晚上放开看家护院，无人敢近，今日怎么了？就听

门上窸窣有声，似乎有人在拨门闩。马盛祥也不点灯，悄悄闪在门边。门一开，扑上去就掐住对方脖子，抡起拳头正要打，就听"哦哟"一声，声音好熟？仔细一看，竟是汪兆贵——熟人，难怪大黄狗不叫呢！

马盛祥点上灯，神情很是不善。汪兆贵脸上尴尬，一闪即逝，整了整衣衫，落落大方地说："马老板，明人不说暗话，我是来取钱的。"

"取钱，取什么钱？"马盛祥瞪着他，神情不悦地问。

"我爷爷罗大兴的钱。"

"你爷爷罗大兴？"马盛祥听他一口报出罗大兴的名字，已然大吃一惊！

"对，我爷爷罗大兴。"汪兆贵说，"我爷爷逃到家乡后，避祸改姓，隐姓埋名，领全家迁居广东，常常忆起天国那段辉煌岁月，恨未能亲眼见清妖覆灭。他多次提到金陵城外雨花台下的马老板，临死时还叫我们子孙有空过来看看，取走天朝文书。"

"你爷爷死了？"马盛祥见他讲得一字不差，且闭口不提银两的事，已然相信了几分。便点上灯，一边问："既是罗将军后人，你可有什么凭证，知道包里多少钱？"

"纹银百两，加几块碎银。"汪兆贵说完，还从怀里掏出一件太平军号褂，也是血迹斑斑。当啷一声，一把匕首也随衣落地，汪兆贵赶紧用脚踩住。

马盛祥抚着血衣，泪水盈眶，转身从床后的墙洞里，摸出布包，说："好，这东西一直是我一块心病，今天算是完璧归赵了。"

汪兆贵接过布包，心情激动，哽咽说："这么些年了，你就从未想过自己用吗？"

马盛祥嘿嘿一笑："你这小娃儿说话不晓得高低，我老马要动这贪念，今儿个还会住这里不走、有意起个姓马的店面在此守候么？早远走高飞了！对了，你脚下踩着匕首，又是深夜越墙而来，大概是想，马老板万一不给钱，就来个霸王硬上弓，白刀子进红刀子出吧？哈哈！"

汪兆贵脸涨红到脖根，双手一抱拳，说："马老板真乃信人也——山高水长，后会有期！"说罢，一扭身，飞身越墙而去………

汪兆贵究竟何许人也？这里容笔者介绍一个中国历史上特殊人物，也是后来与马祥兴颇有渊源的人物——汪精卫。

汪精卫原名汪兆铭，汪兆贵就是其远房堂弟。汪兆铭13岁时，父母双亡，少年生活十分艰辛，学习也很刻苦。18岁时参加了科举考试，以广州府县第一名的优异成绩考取秀才。1904年，汪兆铭考取了清政府的公费留学生，留日读书。在那里学习卢梭的《民约论》、孟德斯鸠的《万法精神》、斯宾塞的《政治进化论》，这些西方的民主政治思想使汪兆铭的世界观发生了根本的转变，树立起推翻专制的封建王朝，建立西方式民主共和国的信念。他经常以"精卫"的笔名在《民报》上发表文章，源自《山海经》里精卫填海的故事，含有对革命锲而不舍之义，后来遂以汪精卫为名。后结识孙中山，参加同盟会。汪精卫长得仪表堂堂，文思敏捷，擅长演讲，有很强的组织力和号召力，很快脱颖而出得到孙中山的赏识并委以重用。其妻陈璧君是华侨巨商陈耕基之女，原来早与另一巨商之子订婚。自打遇上汪精卫后，立即倾心于这个大自己9岁的穷学生，不顾父亲强烈反对，毅然解除婚约，追随汪精卫到日本。陈璧君倾心汪精卫，不仅因为他的相貌才能，还因为他严肃的生活作风。在这些年轻的革命家中，不少人嫖妓赌博酗酒，而汪精卫却像清教徒一样生活，被人称为"道学先生"。最让陈璧君感动的是汪精卫"革命家不结婚"的信念。汪精卫对陈璧君说：革命家生活无着落，生命无保证，革命家结婚必然陷妻子于不幸之中，让自己所爱之人一生不幸是最大的罪过。汪精卫发誓说："革命不成功就不结婚"。汪精卫后来真的实践了他的诺言，在辛亥革命成功后，才和陈璧君结婚，举行了盛大的婚礼。汪精卫婚后也一直严守一夫一妻的准则，从来没有外遇和桃色新闻。

后来为国人唾骂的大汉奸汪精卫，一生所做最出名的一件事，就是刺杀摄政王载沣。说起这次令汪氏一举成名的刺杀，也是"事出有因"。1908年冬，革命党人进入最困难的时刻。国内六次武装起义相继失败，大批革命志士倒在血泊之中。此时梁启超等保皇派乘机攻击革命党的暴力革命，批评革命党领袖是唆使别人送死而自己谋取名利的"远距离革命家"。梁启超在《新民丛报》上撰文批评革命党领袖们："徒骗人于死，己则安享高楼华屋，不过'远距离革命家'而已。"梁启超的批评反响很大，一时在海外华人中掀起了批评革命党领袖的风潮。不久这场批评的矛头就开始指向孙中山，对孙中山在党内的威信影响极大，以致章炳麟的浙江派公开反对孙中山，宣布脱离同盟会，恢复他们以前的"光复会"；黄兴的湖南派也持中间态度。对革命灰心和怀疑的人大量出现，一时间革命陷入低潮。

在此情况下，汪精卫站了出来，主动提出要去北京刺杀清政府高官，用鲜血来证明同盟会的领袖不是贪生怕死的"远距离革命家"。汪精卫在给孙中山的《致南洋同志书》中写道："吾侪同志，结义于港，誓与满酋拼一死，以事实示革命党之决心，使灰心者复归于热，怀疑者复归于信。今者北上赴京，若能唤醒中华睡狮，引导反满革命火种，则吾侪成仁之志已竟。"

和汪精卫同行的有黄复生、喻培伦，当然最坚决和汪精卫一起北上的，还有陈璧君。

汪精卫和黄复生先到北京的琉璃厂租了一栋房子，挂上"守真照相馆"的招牌，因为照相馆的暗室最适合搞炸弹的组装，照相馆里飘出化学药品的味道也不会引人怀疑。不久喻培伦就带"铁西瓜"入京。汪兆贵虽不是这次行动的核心组成员，甚至还不是同盟会会员，但他从小崇拜这个远房堂兄，也一直与他保持密切联系。这次堂兄回国刺杀，他是知道的，还知道在北京活动，租房、造炸弹都需要钱，所以铤而走险，到马祥兴"借"钱——实际上，他根本不是罗大兴的后人，那件太平军号衣也是假的。他是无意从马德钧嘴里知道了马家这个故事，正巧自己也是罗大兴家乡人，口音相同（这也正是马盛祥隐隐觉得不安的原因），便刻意编排，伪造号衣，涂上血迹，终于得手的。

且说汪兆贵将钱送至北京时，正值汪精卫刺杀摄政王载沣的弟弟载洵贝子和载涛贝勒（贝子和贝勒为清王室的爵位名，亲王之下为贝子，贝子之下为贝勒——笔者注）两次暗杀计划失败。堂弟汪兆贵送钱来，吓他一跳。待知道这钱的来历，更是出一身冷汗，说此事知道人越少越好，你小小年纪，何得如此鲁莽？陈璧君也说，我家里有的是钱，你怎么用这种方法骗钱？太危险了！

汪精卫看汪兆贵面红耳赤，想他也是一片好心，不可责之太甚，遂道："这样吧，我们打个借条，待革命成功，想法还与人家。"说完，掂掂手中银两，笑道："也好，这是太平军军饷，太平军是反清的，我们革命党人口号也是驱除鞑虏，恢复中华——取之于反清，用之于反清，也不为过！"说罢拍拍汪兆贵肩膀，连声道："好，好，好，有国人如此支持革命，何愁我们反清大业不成？此番不去再想小喽啰，直接刺杀摄政王载沣！"

汪精卫怕汪兆贵留在北京出事，叫他连夜潜回南京。

1910 年 4 月 16 日，汪精卫刺杀载沣未果，被警察抓获。由于谋刺摄政王是一个大案，民政部尚书肃亲王善耆亲自审理此案。肃亲王是清朝建国元勋八大世袭王室的第一家，是当时清廷中头脑见识过人的少有人才。他看了从汪精卫身上搜缴的三篇汪精卫的亲笔手稿《革命之趋势》《革命之决心》《告别同志书》之后，感慨万分，非常赞赏汪精卫的见识，更赞赏汪精卫的献身姿态，决定从轻发落汪黄二人，以安抚天下人心。摄政王载沣最初主张立斩汪、黄二人，但经过肃亲王的反复劝说，只好同意从轻发落。1910年4月29日，清廷以汪黄二人"误解朝廷政策"为由，免除汪黄二人死罪，判处二人永远监禁。

自以为必死无疑的汪精卫捡回一条命，在狱中每日作诗。汪精卫狱中诗作最有名的是《被逮口占》（又名《慷慨篇》）。

> 衔石成痴绝，沧波万里愁；
> 孤飞终不倦，羞逐海鸥浮。
> 姹紫嫣红色，从知渲染难；
> 他时好花发，认取血痕斑。
> 慷慨歌燕市，从容作楚囚；
> 引刀成一快，不负少年头。
> 留得心魂在，残躯付劫灰；
> 青磷光不灭，夜夜照燕台。

汪精卫的《慷慨篇》从狱中传出后，立即被许多报纸争相转载，"引刀成一快，不负少年头。"也成为当时革命青年们广为传颂的名句。

狱中生活艰苦，每日三餐是一碗霉变的陈米和一条咸萝卜，另外每五天可以吃到一次豆腐，逢年过节则每人赏肉半斤。一天汪精卫正在苦嚼着黄米饭，忽然一个狱卒给汪精卫塞进十个鸡蛋。这是谁送来的鸡蛋呢？汪精卫拿着鸡蛋仔细端详了半日，在一个鸡蛋上发现一个小小的"璧"字——原来陈璧君买通狱卒给他送来的鸡蛋，陈璧君冒死到北京救他来了。

汪精卫忍不住热泪盈眶，那天晚上抱着鸡蛋睡了一夜。

孙中山在纽约得知汪精卫被捕的消息，非常挂念。同盟会东京总部和世界各地的支部也发起了营救汪精卫的行动，胡汉民亲自奔走各地为营救汪精卫演讲筹款。通过营救汪精卫的活动，使一度陷于分裂的同盟会内部开始弥合，也使民众重新认识到革命党的决心，对后来辛亥革命的成功起到了十分重要的作用。

此后革命的形势发展之快，大大出乎人们的预料。1911年10月10日武昌起义爆发，在短短十几天内，全国二十多个省纷纷响应宣布独立。清廷为了挽回颓势，急忙宣布开放党禁，释放政治犯，当然最大的政治犯就是汪精卫和黄复生两人。1911年11月6日，清廷宣布释放汪精卫和黄复生，北京各界一千余人前往法部大狱门前欢迎刺杀摄政王的义士。1911年12月，汪精卫乘船到上海，那里陈璧君正等着他。从此这对经过生死考验的夫妇正式成婚。

且说辛亥革命成功，北京最后一个皇帝被赶出故宫，老百姓却没感到生活有多大变化。除了脑袋后面一条猪尾巴一样拖着的辫子被剪掉，一日三餐还是照旧。马盛祥一家娃儿大了，店面太小，有些踢腾不开，便思谋着向城里发展。可一打听，城里租金太贵，自己盖房更是想都别想，很是着急。

这一日，门前大路上过兵，都是新军，大盖帽，挎洋枪，不时还有马拉的小钢炮隆隆而过，卷起道道烟尘。烟尘中，突然一骑飞至马祥兴门前，缰绳一勒，骏马前蹄腾空，长嘶一声停下，马上跳下一名英俊的军官，皮靴橐橐地走到马盛祥面前，"啪"的行了个军礼。马盛祥揉着眼睛，还没看出是谁，德钧、德铭两个小子早蹿上去，一人捞住那军官的一只手直摇："汪大哥，汪大哥！"马盛祥这才看清，大盖帽下那一对笑意吟吟的眼睛，不是那个半夜里翻墙的刺客汪兆贵是谁？

马盛祥叫儿子们牵过马去，领汪兆贵进屋。汪兆贵低头进去，几年不见，只觉得这间门面更矮、更小了，几年前那个月黑风高夜晚的情景，又历历在目。他握住马盛祥的手，哽咽着说："马老板，马叔，今天我是跟您赔不是来了——我不是罗大兴的后人，讹你那笔钱也是迫不得已啊！"

马盛祥一怔，毕竟是老江湖了，拍拍他的手，顺水推舟地说："大侄子，对不起，容我倚老卖老，喊你一声大侄子噢——我早看出其中蹊跷，世上哪有这么巧的事？不过，我也知道你这个洋学生抱负不凡，是革命党，应该和罗大兴是一路的，都是反清志士，都是救国救民。那钱本不是我的，还是当初那句话，你们拿去也是完璧归赵。"

"好，就冲大叔完璧归赵这四个字，我们革命党人交了你这个朋友！"汪兆贵说完挥挥手，一个卫兵疾步近前，从身上解下牛皮公文包，哗啷一声，桌上倒出一大堆银元。汪兆贵说："马老板你点点看，这里是三百大洋，可够还你那笔钱了？"

马盛祥喜从天降，嘴上却说："这哪里行？要不得，要不得！"

汪兆贵说："马老板不必再推，是汪先生叫我还你的，你一定要收下。"

马盛祥当时也不晓得他说的这个汪先生是谁,反正是新政府的一个大人物,大人物给的钱,再三推辞不掉,当然只好收下了。汪兆贵开玩笑说:"马老板最好把钱置些房产,你这房子也太破了。不要再埋在地下,说不定哪天又来一个像我这样的'后人',打你一闷棍,可就再也没人还你了。"

汪兆贵这句话,说得马盛祥心头一动,是啊,这些年做生意也积攒了些钱,老卖荒饭不是个事。眼看家里添丁带口,吃饭的嘴越来越多,如果借助这笔"还款",进城搞间像样点的门面,就可以大干一场,也给子孙后代留下一片基业。想到这里,他冲汪兆贵一抱拳,正色道:"好,这钱我就先用着——告诉你,我只是先用着,日后罗家真是没人来,我也不会昧下这笔钱,请汪先生交给政府,对反清义士罗大兴有个交代。"

汪兆贵看马盛祥虎目含泪,想他又是忆起腥风血雨的往事,不由大是感动,对马盛祥的钦佩也增加了几分。一击掌,说:"好,就这么说,我军务在身,先告辞了!"说完,出门打马扬鞭而去。

马盛祥后来就在聚宝门(中华门)外米行大街(今为雨花路)盖了两间房子,前店后场,店名仍叫马祥兴,但店面比过去那间小荒草屋是大得多了。厅堂里能摆上几张桌子,一般小户人家办个席,做做喜事什么的,也足够了。至于那笔银圆,马盛祥也在生意好起来时,找机会还给了汪兆贵,汪兆贵用于军费不提。

五 | 题对联食客盈门
怠慢客种下祸根

　　话说辛亥革命以后，南京聚宝门外市面日趋繁荣，马祥兴的服务对象也发生了变化，从过去清一色的卖菜农民、送货赶脚的，渐渐也有商人和来雨花台游玩的文人光顾。马祥兴除了经营拿手的"牛八样"（牛心、牛肝、牛肚、牛肺、牛肠、牛腰子、牛蹄筋、牛头肉）和回民素菜，也开始红锅热炒了。

　　马祥兴新店开业那天，正赶上三伏，南京城热得像下火。汪兆贵特地请老师胡翔东出面，请来了一批有头有脸的客人，大文豪、大书法家、时任国民政府监察院院长的于右任也给请来了。于先生个高清瘦，美髯齐胸，与金陵大学教授胡翔东是好友。当他听说这个不起眼的回民小店老板，大仁大义，输捐过革命，不由诗兴大发。马盛祥那天也是打叠精神，穿起回族传统服装，白衣白帽，亲自下厨，整治酒菜。头天买了百斤牛肉，在大铁镏的老卤里焅得稀烂，冷透切盘，洒上香菜蒜花，淋上香油。于右任吃得赞不绝口，仗着酒兴，脱去大褂，赤膊大呼："拿笔来，我要浮一大白！"

于右任是光绪年间举人，从小临摹王羲之碑帖，一手草书写得出神入化，后来集古今草书之大成，撰《标准草书》，成为国内书界佳帖，公认为国内顶尖"草圣"。胡教授趁热打铁，有意激将说："于院长，我曾听人说，有一副绝对非常难对，叫：文君白头吟——我一直想不出下联来。今日看于公赤膊酒战，已经有了，就叫：于髯赤膊立！你说对得好不好？"

众皆大笑。胡教授向马盛祥歪歪嘴，示意马老板取过笔来，恭敬递到于右任手上，说："如果还对得过去，能否请于公留下墨宝？"

于右任晓得胡教授家住窑湾，离这家馆子不远；也晓得胡教授有个学生叫汪兆贵，与这家馆子交谊颇深。他有心成全老友，抚髯一笑曰："对得好，对得好，只不过如此绝对跟此店开业是驴唇不对马嘴——别急，我另有好对相送！"此前，他特地下厨看了那口古意盎然的大铁镏，敲敲锅边，连赞好锅、好锅；又和马盛祥短暂交谈，深感此人谈吐不俗。再踱至门前望望，小店不大，地势却好，面对北山门，西临报恩寺遗址。于是，于右任秉笔在手，侧耳细听，似乎又闻毁于战火中的报恩寺塔铃声，遂一挥而就。上联是："百壶美酒人三醉"；下联配："一塔秋灯迎六朝"。横批："饶有风味"！

有了这幅艺术价值极高的对联，马祥兴名声大振，一时门庭若市。来吃的人，除了看对联，还要看那口大铁镏，都说是明朝的器物。甚至有人传，那锅里的老卤，也有五百年历史了，无论什么牛肉，只要往锅里一烊，便香气扑鼻。马

家人笑眯眯，任人韶叨，从不解释，一副深藏不露的样子，更增加了马祥兴这块招牌的神秘感。其实，那口大铁锅是不是明朝的，马家人自己也说不清楚。马祥兴之所以口味好，也叫占尽天时地利：聚宝门外长干桥畔开有牛肉行，现宰现割；桥下就是水码头，四乡八镇的鸡鸭鱼都是鲜货，采购极其方便。马盛祥经营店铺，还有句狠话，叫：宁倒菜，不倒牌——即为了保住马祥兴菜好的牌子，宁可将质量不好的菜肴全倒掉，也不能坏了客人口味。

说起烹饪，倒是老马一桩心病。年岁渐渐高了，身子板儿大不如前，便想让儿子早点儿顶上来，子承父业。可这一副家业究竟交给哪个呢？按常理说，自然应该是老大马德钧接班。可一说起这个老大，马盛祥就气得鼻子不来风。三个儿子（德钧、德铭、德葆）一起跟他学手艺的（填房的两个孩子马德峦、马德岑岁数还小，暂时排不上），说良心话，对老大他还特别偏点心眼儿，家里什么事都告诉他，什么技术活都手把手教他，可他就是不上心。比如几年前罗大兴银两被骗的那桩公案，就是这个小炮子子嘴快，把家里埋银的事儿告诉外人的。幸亏汪兆贵不是坏人，否则这笔钱算扔水里了。平时上锅下厨，马盛祥亲自带着他，教他看火头，教他什么菜要旺火爆炒，什么菜要文火慢煨，可他就是东南西北的搞不清爽。有时晚上拔门收铺了，一家人自己吃饭，马盛祥特意让老大下厨整两个菜，结果端上桌，不是菜老得嚼不动，就是肉没炒熟，红血丝拉拉的，让人不敢下筷。每当这时候，老二德铭便不吱声不吱气的，把菜端到厨下，重新回锅。马盛祥在骂老大时,老二在一旁也不劝,也不挡,就在一边竖起了耳朵听——及至下次再遇到类似问题,老二总能提前打叠得严丝合缝,让你挑不出毛病来。所以,在老马心中,大儿太不成器,二儿又有些乖巧过头,用南京话说:对兄弟有点儿"阴死阳活的"——这种儿子,老子同样也不敢放心。

家务事尚未理顺,外祸又招致门前。且说马祥兴生意越来越好,店面也增加了,这便惹恼了街对过一家"五洋大酒楼"。五洋的老板姓孙,人称孙大卵泡。此人满脸横肉,身躯胖大,一跺脚,浑身肥肉乱颤。大概年轻时练过武,据说举石担时没憋住气,落下个小肠气的毛病,终日罗圈腿一拐一拐,裤裆里叮叮挂挂似乎夹着一大堆,街上人都叫他孙大卵泡。

孙大卵泡的店面比马祥兴大,是个二层楼,下砖墙上木板,楼上高高挑个店招"五洋大酒楼"。马祥兴搬过来前,这条街上就他的生意最红火,因为楼上有雅座,一般有点儿身份的人,都喜欢到他那里去。马祥兴开业时,还请他到场,请他照顾。孙大卵泡剔着牙花,拍拍马盛祥肩头说:"没的鸟事,有我照应着,你就放心做你的小本生意!"没承想,马家这"小本生意"越做越大,很多有身份的人也去看他的对联和那口明代的大铁锅了,气得孙大卵泡就跳脚骂:"什么鸟铁锅,还明代的?我看是马老头儿逃荒讨饭,一路挑来盛洗脚水的!"

听到骂声,马家几个儿郎都有些不忿,老三德葆持刀动铲,当场就要出去煽他个狗日的。马盛祥拦住了说:"我们是生意人,做生意讲究个和气生财,现在我们生意好了,树大招风,人家发几句牢骚,说两句怪话,就随他说去,权当卖个耳朵给他。五洋与我们一街为邻，更不要随便翻脸，抬头不见低头见的，一翻脸大家以后日子都不好过了。"

马盛祥讲得不错，自从马祥兴生意好了以后，的确树大招风，四乡八镇八竿子打不着的熟人、朋友都找上门来，有的领小孩来学生意的，有的手头窘，借两个钱的，马盛祥好说话，都客客气气打发了。最难应付的是河南老家来人，都是些远房亲戚，听说马家在南边发了财，一个个前来投奔。马盛祥已经收留了几个小的，在店里当学徒。岁数大的在店里实在干不了活，就好言相劝，给盘缠送他们回去了。

这一日，店里来了一个人，白白净净的一个瘦高个儿，细眉细眼，自称马仁信，是马家远房亲戚，到南京谋事，想借几个盘缠。恰巧马盛祥那天到城里进货，不在店里，是马德钧接待的。德钧看来人口气挺大，穿着却十分寒酸，三伏天还裹着一身薄棉袍，脚下蹬一双"踢死牛"布鞋，又脏又破，身上隐隐一股汗酸味儿，便皱眉道："伯伯（回民喊父亲为伯伯）不在家。"水也不倒一杯，径自掉头就走，把他晾在一边。德铭看那人杵在那里，十分尴尬，心想总是老家来人，太怠慢了不好看，便招呼他在堂屋坐下，还倒了一杯茶奉上。德钧在厨房里还怪德铭："你给他喝什么茶？大年初一拜年，都是来讨钱的，不用理他！"

那人在堂屋一坐就是半天，也没人搭理。原以为马盛祥下午就回来，不料那日马盛祥在城里碰到个熟人，拖住了他吃晚饭，很晚才回家。回到屋里洗过脚，吃了茶，准备上床睡觉了，才听说此事。忙到堂屋一看，那客人坐过的椅子前，两个湿脚印。德钧扑哧一笑，说这么热的天还穿那一身，一定是热得浑身汗都顺脚丫子淌下来了！马盛祥一跺脚说："你真糊涂，你看看这脚印，说明这人定性极大，坐半天一直没挪窝，是个心机极深的人，你何苦把这种人得罪了呢？"

马盛祥当下拔门去追，只见星汉迢迢，夜色沉沉，又哪里去寻？

就从这天起，马祥兴就怪事不断。先是一帮小纰漏，来了就点红烧牛肉，别的什么菜都不点。还每人点一个，肉不要多，多多浇卤。上桌也不吃，把卤倒进带来的小砂钵里，然后大喊："老板添卤！"你要不添，马上挽袖子捋胳膊，拳头一竖放桌上，一副找你玩命的赖皮架势。卤并不值钱，平时穷汉来了买不起菜，想老卤泡饭，添点儿就添点儿。可这么多人都要添，添的又不是当堂吃，一个个还带走，大铁锅里卤就不够。马盛祥出来打拱作揖，小纰漏就是不依不饶，拳头擂得一片山响，把别的客人都吓跑了。连续几天，饭菜还没卖出一半，马祥兴的特色红烧牛肉就卖不出来，因为锅里红汤都舀干了。再一桩是警察上门，说有人举报，你家那口明朝的大铁锅是偷大报恩寺的，是"长毛"炸塔时，你家乘乱偷出来的。现在民国了，新市长要建设新南京，所有文物要物归原主，要挖出锅来提了走。马盛祥一再解释，警察就是不听，作张作势要拎锅。马老板赶紧塞钱，才骂骂咧咧走人。过两天又来，还是那一套话，还是要塞钱，马盛祥不胜其烦！最蹊跷的一桩是，店里忙得一团糟，长子马德钧却不晓得跑哪里去了？

我们的马家大少爷，这刻儿正在洗澡堂子里吞云吐雾哩！

南京人有洗澡的习惯，叫"早晨皮包水，晚上水包皮"。前者指的是喝茶，后者是指洗澡。其实真正老南京这二者又是密不可分的，早早坐进澡堂子里，酽酽泡上一壶浓茶，先喝一交漱漱口，然后下大池子里泡。浑身泡软了，再找个做下活的，捏脚搓背，搞得浑身舒泰，再上来喝茶、吹牛，一天便打发过去了。马德钧过去和父亲洗澡，没有这许多程序，就大池子里泡泡，上来揩干净就回家，还有许多生意要忙。半月前，隔壁小四拖他洗澡，说要带他去享受享受。马德钧说："洗澡哪个没洗过，享受甚哩？"小四说："你外了啵，讲起来还马祥兴的小老板呢，连洗澡怎么享受都不知道！我带你去个好落地，瓮堂，是明太祖朱元璋洗澡的地方——那地方叫你洗一回，一辈子不能忘！"

马德钧被炫得云里雾里，高一脚低一脚随他进了中华门，来到瓮堂洗澡。下池子也没感觉什么异样，就是个大圆屋顶，聚气，顶上挂满了水珠，比一般澡堂聚气点儿。洗过了，出来裹着浴巾上楼，一个个小隔间，门上挂着半截布帘，就是雅座了。雅座里两张床，躺在上面，跑堂的立刻打上热乎乎的手巾把子，水果和茶也就端上。马德钧尽量学着小四的样儿，跷起脚丫，吃果子喝茶，免得被说老土。小四神秘兮兮地说："你上楼呃闻到一股香味啦？"马德钧点点头，说："闻到了，不晓得是什么东西，那么香法子！"小四打了个响指，跑堂立马候在门边，问大爷有什么吩咐？小四骂道："废话，眼睛是出气的么？哪回来老子不是全套服务？前面带路！"

……别看马德钧是个小老板，可这些服务从来没有享受过，成天在家被老爷子管得直手直脚，菜炒不好还被骂得抬不起头。澡堂子来是来过，都是老爷子带着来的，几个儿子一溜下大池，上来顶多搓个背，连捏脚修脚都不敢享受，便穿上衣裤和老爷子回家，哪曾如此快活过？神仙般地享受了，小四又带他从西街小吃，窜到夫子庙大成殿，一路芝麻糖、蒸儿糕吃着，看各种卖艺的，杂耍的，还有斗蛐蛐玩飞鸟的。快活死了！

这一路吃喝玩耍，都是小四会的账，钱不老少。第二天，他觉得作为小老板，应该回敬小四一下，因为小四家并不富裕，人家花那么多钱，不能太啬皮干儿了，便也回请小四洗了一把。洗完澡本不打算再玩那些玩意儿的，哪晓得小四胎气，响指一打，跑堂的立马响应，小四胎气地说，全记他账上。于是，马德钧昏天黑地的，又享受了一把。

一来二去，他就玩上了瘾，天天像有个心事没了似的，等小四喊他。天天活路也没心思做了，菜也不想炒了。中午一忙歇下来，就眼巴巴地扒住门，等那勾魂鬼儿来。有时小四没来，他还自己找上门去。

忽一日，小四又没来。马德钧像掉了魂似的，左等不来，右等不来，又迎上小四门去。到了小四家，看他跟自己一个鬼样，正哈欠连天的，坐那块发愁呢！马德钧拉上他就走。小四说："走，往哪块儿走？我现在身上一分钱没的了，还空一屁股债哩！"

马德钧倒吸一口冷气，说："你不是发财了么？"

"哪个告诉你我发财的啊？"

"那你天天请我玩，请我吃，钱哪块儿来的啊？"

"是一个大财神叫我请你的。对了，他正要见见你呢！"

马德钧隐隐感觉不对，想不去。但小四说，不去怕过不了门，便只好硬着头皮去了。

七拐八绕，又绕回自家店前那条米行大街，从街背后的小巷插进一所酒楼的后门，马德钧不禁心里咯噔一下，这不是"五洋大酒楼"么？正犹豫间，小四熟门熟路地推开一扇门，里面正襟危坐着一个人——马仁信！

且说马仁信那日在马祥兴受到冷落，一气之下，找到孙大卵泡店里。说起来，马仁信也是个读书人，清末还考过秀才，只是时运不济，一直没有发迹。早年在家读书时，无意中翻看家中发黄的家谱，在祖辈栏里，见有"公姓马讳国忠……先祖系出金陵。始祖特买公，从龙入京，官拜虎贲将军……"不由心潮澎湃，心想自己祖上竟有这么高贵出身，如今自己破落至此，有辱祖宗！后来听说家乡有个马思发，在南京开饭店发大了，仔细一了解，这马家居然拐弯抹角的，还和他是远房亲戚。马仁信顿时野心勃勃，想那金陵帝王州，发迹机会多，只要马家资助他些银两，进城活动活动，凭他胸中才学，一定会出人头地。就这样，他从家乡千里迢迢投奔马祥兴，一路上想好了说辞，只要马家稍微帮助他一下，他就说出我们马家的高贵出身，说不定金陵城里寻到祖上故旧，那就是白送马家一个大富大贵哩！

哪晓得马家这小畜牲如此怠慢他，一定是他家老人教的——"好，好，好，你敬我一尺，我还你一丈，我一定要教你知道我的手段！"在大堂干坐时，马仁信怒火中烧，正好听见伙计议论马祥兴和五洋的矛盾，所以一跺脚，干脆来到对门，花言巧语，投奔了孙大卵泡。此刻，他看见马德钧魂不守舍的样子，心底充满了猫戏老鼠的快感。

"你，你……你怎么在这块儿？"马德钧问。

"我怎么不能在这块儿？"马仁信笑着说，"此处不留爷，自有留爷处么！"

马德钧转身要走，里面传出一声暴喝："慢着，把账清了再走！"

是孙大卵泡，圈着个腿，手上哗啦哗啦玩着两颗硕大的铁弹，狞笑着从里间出来。劈手往桌上一砸账本，说："小四，给他把算盘珠子拨拨，看他玩了我多少钱？"

马德钧一把揪住小四衣领，小四立马鬼喊鬼叫起来："哎，你抓我干么事？澡是你洗的，福是你享的，难不成想赖账啊！"

马仁信慢悠悠踱过来，轻轻拉开他手，说："德钧老弟莫急，许多事好商量，好商量。商量好了，这些账一笔勾销，都算我请的怎么样？"

马德钧硬着头皮问："商量什么？"

"听说你家有本明朝老菜谱，你把它拿来；另外你再做几道你们马祥兴的拿手菜，我们就前账清了！"

"不行！"马德钧头上青筋直暴，连说不行，"那菜谱我伯从来就没给我们看过，收哪里我都不晓得，我到哪里拿去？"

孙大卵泡正要发火，马仁信轻轻拦住了，把账本掂掂，手一伸说："那好，老弟你请便吧！"

马德钧掉头就走，往外走了两步，想想不对头，又回过脸来，跌软说："那我就偷偷过来做几道菜，行么？"

"不行。"马仁信冷冷地说，"我们早摸清了，你那几手菜，炒得还不如你弟弟德铭，更不要说比你父亲马盛祥了。"

马德钧一咬牙，说："那好，你宽限我几日，这钱我还！"

"也不行，你就是钱还回来，我们还要把账本送你府上去，让你家老子看看，他有个多么能干的长子，学会享福、败家了。"说罢，马仁信哈哈大笑，负手而立。

马德钧头上冷汗滚滚，突然。他双膝一弯，跪倒在地，号啕大哭道："孙老板，马阿乌（回民叫叔叔为阿乌），你们高抬贵手，放我一马吧！"

马仁信和孙大卵泡交换了一下眼色，想他身上也榨不出更多油水，马仁信便叹口气，说："难为你喊我一声阿乌，我就帮你过这关吧。这么着，菜谱，是一定要的，不过我们只借了看一看，看过就还你——别急，不是急着叫你明天就拿来，你写个欠条，什么时候书到，欠条就撕了；你家里现在的菜谱，包括你家牛肉的佐料，你要详细写来！"

马德钧只好一一答应。临走时，马仁信还拿出一摞大头，在手上掂了掂，没有直接交给马德钧，转手给了小四，说："帮我把他照顾好了，别出疵漏！"

马盛祥一直不晓得这件事，后来发现儿子不学好，还是孙子马定松告诉他的。马盛祥非常喜欢这个长头孙子，经常带他在脚跟头睡，和他讲古说今。这两天，店里出了点儿烦心事,他没忙过来。晚上闷头喝了壶酽酽的茶,忽然想起来了:"我那定松小孙孙呢,平时吃饭都扒在我桌边,跟我讨花生米、要牛肉片吃的,怎么好几日不见了?"

老头儿一发火,全家都害怕。德铭乖巧,说:"我刚才还看见他在店里头玩哩,伯你不要急噢,我去给你抱来!"

去了半天,德铭才把定松抱来。马盛祥看见孙子,满天乌云,一风吹散,伸手把定松抱在膝上,吧吱亲了一口,说:"小乖乖,这几天哪里去了?"

定松才5岁,已经很懂事了,一双大眼扑闪扑闪瞪着德铭,说:"阿乌不叫我讲,说讲了爷爷会生气!"

马盛祥原来也就是随口一问,一听这话,顿时警觉起来,横一眼德铭说:"你讲,爷爷不生气。"

娃儿家也会看大人颜色,定松看二叔吓得缩头缩脑的,便说:"伯伯妈妈吵架了!"

哦,马盛祥松口气,小两口吵架,也不是什么大事,便问:"吵什么呐?"

"妈妈说伯伯不学好,天天不归家,气得不理他,带我回外婆家睡……"

马盛祥就觉得头脑嗡地一下,几乎炸了,后面孙子再说什么,他也没听清,跺着脚,一迭声叫:"快把那逆子喊来,看我揭了他的皮!"

马德钧进门,一看老子脸色,就晓得大事不好。在咄咄逼问下,他像挤牙膏似的,问一点儿,挤一点儿。马盛祥看他这副赖皮相,操起擀面杖就打,德钧抱住德铭腿喊:"救救我,救救我，伯要打死我了！"

德铭闪身躲在一边，说："哥，我看你还是一五一十招了吧，伯都知道了。"

德钧只好招出小四勾他出去学坏之事。马盛祥气得浑身抖呵，举起擀面杖又要打，小定松双膝跪倒，求情说："爷爷你要打打我吧，我伯再打就给你打死了！"

马盛祥老泪纵横，把擀面杖一扔，抱起定松说："你这个畜牲，还不如5岁大的娃儿懂事啊！"

六 | 奇中奇歪打正着
怪中怪树大枝分

马祥兴一连出了几桩怪事，马盛祥直觉就告诉他不对头，一定是惹恼了哪路神圣，背地里给他使坏。他也猜到可能是五洋的孙大卵泡，还特地托人带信过去，想摆桌酒请请他。但对方一口回绝，且一再申明这些事与他无关。马盛祥也想，孙就是一个大炮筒子，肚里绝对没这么多花花肠子，一定还另有高人指使，只是想破脑袋，也不知道自己得罪了谁？

正没理会处，这一日突然来了个救星——汪兆贵。原来汪兆贵从军不久，深感国民军里派系林立，没有背景屡遭排挤，便听从汪精卫的指示，回江南水师学堂（此时已改名海军军官学校）当一名教官，培养学员，联络感情，日后好组织自己的队伍。汪兆贵回到南京，一有空闲，当然要来马祥兴坐坐。一听马祥兴连遇这等怪事，略一思索，便知端倪，说且莫管他哪路神圣，你先把庙修好，篱牢犬不入，百鬼不敢缠身！

汪兆贵当即修书一封，请老师胡翔东、于右任再次出马，多多喊上社会名流，最好军政要人，都来马祥兴吃酒，学生当洒扫恭候云云。

正是春暖花开时节，雨花台山清水秀，于右任正想到南郊放放风筝。一见学生相邀，又是上次印象颇佳的馆子，便欣然前往，且帮他约了一帮文人，其中就有一个我国历史上著名教育家、时任国民党中央监察委员的吴稚晖。

说起来，吴稚晖也是一怪人，不喜铺张，不讲排场，但他和于右任是好友，好友相招，哪能不来？别人有汽车，或坐马车，他都不愿，早早步行走到城南。过了中华门（聚宝门于1931年改名为中华门），肚就饥了，想那晚饭还要等上许多时间，且席上又有诸多应酬，不如先在路边吃点点心垫饥。路边正有豆浆和烧饼，他坐下喝了碗豆浆，吃了两块烧饼，感觉不错，起身要走，一摸口袋，居然掏不出钱来。便对小贩说："我出门匆忙，忘记带钱了，等一会儿差人送来！"

小贩一看他穿着寒酸，认定他是个吃白食的，抓住他衣襟不让走，争执间还打了他两拳。幸好过来一个警察，看吴稚晖那个样子不像个混吃混喝的，就耐心排解，还替他付了豆浆烧饼钱，才得脱身。

吴稚晖赶到马祥兴，已经开席了。摆了三桌，其中一桌上座还给他留着，吴坚辞不肯入座。于右任说："你来迟了，不罚你酒，已经算客气了，还扭扭捏捏作甚？"吴稚晖说："那我把这上座留给一个朋友如何？"于右任一听还有比他更重要的客人，当然高兴；说："可以可以，嘉宾云集，高朋满座，多多益善。"原来，吴稚晖早记下那警察襟章上的姓名和编

号，立即派车将他接了来。这警察万万想不到，因为替一个邋遢老头子付了几个小钱，居然在这种有头有脸的席上，做了上宾……

更想不到的是，第二天，上司就下令升他做了城南警察分局的副局长。当然，这不是吴稚晖的举荐，而是汪兆贵托酒席上军警方面的安排。一来可以让这个颇有同情心的良善警察白日飞升，二来指望他在此坐镇，震慑当地的流氓纸漏，看哪个还敢来找马祥兴的麻烦。果然，有这个感恩图报的副局长罩着马祥兴，小纸漏闻风远遁，治下警察更没有哪个敢再来找店里麻烦。后来，这个"尽职"的副局长还一再问马盛祥，以前那个来敲诈的警察姓甚名谁？"我弄死他给你马老板出气！"马盛祥死活没说——做生意的，要学会得饶人处且饶人。一个朋友一条路，一个仇人一堵山哩！

难关渡过，马祥兴的生意更加红火，一并排扩成五间门面，加了二楼，楼上也设雅座包间了。虽然店未进城，但城里达官贵人常来。除了汪精卫、陈璧君，还有李宗仁、白崇禧、居正、邵力子、孔祥熙、谭延闿、褚民谊……不光政界要人，电影明星也经常光顾。比如当时红透半边天的电影明星胡蝶，就经常到店里吃饭。旧时明星吃饭，都有富人买单。胡蝶一来，少帅张学良必来捧场。张学良年轻时，风流倜傥，几乎把胡蝶包下，影响她排戏，电影公司很有意见。张学良后来干脆把她一脚头带到北京，这件事经小报疯传，一时艳闻流播，引起电影公司强烈抗议。

店里来得最勤的，应数金陵大学的教授胡翔东和胡小石了。且说汪兆贵的恩师胡翔东教授，绝对是个吃货，家就住在城南窑湾，离马祥兴不远。自从开业时应汪兆贵之邀，来过一次马祥兴后，发现这家馆子饭菜干净，牛肉也烧得地道，自然是光顾一而光顾二，再三再四地来大快朵颐了。这个胡教授，人称胡三怪，除了诗词歌赋，最喜欢就是个吃。每次到马祥兴来，按菜谱将各种菜一一吃过，品过，还要喊厨师过来，仔细询问菜肴的烧法。听到有道理处，捻须颔首，津津有味；听到不对处，还和厨师争辩几句。别看他是个教授，于吃一点儿也不外行。清袁枚的《随园食单》，烂熟于胸。比如吃红烧牛肉，不喜欢牛肉里加其他东西，说是容易蹿味儿。有一次来店里，马盛祥恰巧在后头忙着，不晓得大教授驾到，没出来迎接。胡翔东便点了个牛肉，伙计不知他的习惯，就上了一盘牛肉烧萝卜。教授见菜头直摇，说："上错了，上错了。"偏这伙计饶舌，还劝教授说："错不了错不了，冬吃萝卜夏吃姜，现在冬天里吃萝卜，犹如吃人参哩，错不了！"马盛祥听得前面有人争执，急忙出来，见是胡教授与伙计理论，便喝退伙计，换盘整齐的红烧牛肉上来。教授很是较真，对马盛祥说："马老板，非是我不吃萝卜，是因为古人对烧牛肉就有说法，就有研究。清朝南京有个当官的叫袁枚，你晓得不晓得？他写了本书，叫《随园食单》，说这个牛肉啊，要取腿筋夹肉处，不精不肥。剔去皮膜，用三分酒、二分水清煨，煨烂了再加秋油收汤。"他特别申明：此太牢独法治孤行者也，不可加别物配搭。

马盛祥对胡翔东文白夹杂的话，还听不大清爽。一边立着的马德铭，已经牢牢记下了，说："伯啊，教授的意思是说，这牛肉单独烧最好，不要加其他物事。"

胡翔东笑道："对，对，对，这个小师傅是明白人，以后我就说把你听。"

这以后，胡教授来店里吃饭，常把德铭叫来，细心嘱咐，耐心切磋。比如，牛舌要去皮、撕膜、切片，入牛肉中同煨；烀羊头上的毛，一定要掂干净，洗净切开，煮烂去骨，其口内老皮俱要去净。羊头冷了，将眼睛切成两块，去黑皮，眼珠不用，切成碎丁。再取隔年的老肥母鸡汤煮之，加香蕈、笋丁，甜酒四两，秋油一杯。如吃辣，用小胡椒十二颗、葱花十二段；如吃酸，用好米醋一杯；取熟羊肉斩小块，如骰子大。鸡汤煨，加笋丁、香蕈丁、山药丁同煨，就是羊羹……马德铭是个有心人，他在记录胡先生这些老菜谱时，自己也增加了许多烹调知识。他想，没想到这些酸溜溜的文人，对吃这么考究，简简单单的一个菜，也能说出这么多道道来，蕴涵如此大的学问，真是获益匪浅！

胡小石和胡翔东是同事，亦是金陵书坛的泰斗。他早年受梅庵先生的指点，书法博采众长，自成一体，世所公认。他生前曾为南京不少地方题过名。其中最显眼的有三处：一为梅园新村的"中共代表团原址"铜牌；二为"南京博物院"院名；三为鼓楼的"曙光电影院"。1946年秋，国民党为蒋介石六十寿辰祝寿，朝野各色人等竞相效忠。当时有一"民意机构"派人与已是中央大学最负盛名的学者之一的胡小石商洽，许以重金请他为蒋介石书写寿文。然而当来人刚刚说明来意，胡小石即冷冷的一口回绝。来人情急之下，脱口反问："前些个日子美军史迪威将军逝世，那次公祭典礼上的祭文，不是由先生写作的吗？"胡小石立刻回敬道："史迪威将军来中国帮助我们抗战，所以我才为他写祭文。再说，我只会给死人写祭文，不会替活人写寿文。"①

　　胡小石虽不像胡翔东被人称作"三怪"，但也好口腹之欲。他曾不止一次讲过："吾平生有三好，一好读书，二好赋诗挥毫，三好东坡肉。"授课之余，他常邀学生数人，或去城南城北几个老字号菜馆品尝佳肴，或去清凉山扫叶楼饮茶品茗，或到夫子庙秦淮河畔小摊上吃"油氽豆腐干"。两个胡教授，经常结伴游览南郊，还好到雨花台放风筝。当然，汪兆贵每次也是陪着他们。出城就先到马祥兴店里打个招呼，"我们晚上要来吃饭噢！"店里就把老头儿爱吃的干切牛肉、酥烂蹄筋……一样样备好，来了就下锅。马德铭晓得文人口味清淡，还特别喜欢吃豆腐，就动足脑筋，用湖南小箱豆腐，一块块整齐方正，先在沸水中氽一下，去了豆腥味儿，捞出放鸡汤里，然后加上鸡肝、笋尖、虾仁、木耳等点缀，烧出的豆腐，红是红，白是白，清爽柔润，鲜香扑鼻，两位教授吃得赞不绝口，几乎每次来，必点这道豆腐。时间长了，人们到店里点菜，叫不出名儿，会说："就是胡 Sir 吃过的那个豆腐"——于是，"胡先生豆腐"便成了马祥兴的一道名菜。所以，后世

---

① 关于胡小石教授不肯给蒋介石写祝寿文章一事，历史上确有其事。此事 2012 年被南京大学的学生们写进话剧《蒋公的面子》里，也算金陵文人风骨的一段佳话。

有人说，马祥兴的兴盛，跟文人很有关系：没有文人的捧场和对联，马祥兴出不了名；没有文人的好吃和名厨的精心烹调，名菜也传不下来——至于这个"胡先生豆腐"里的胡先生，究竟是胡翔东还是胡小石，因为两个教授都好这一口，马祥兴的大师傅自己都说不清，只能算金陵餐饮史上一桩艳史谜案了。

在许多慕名而来的食客中，有一个漂亮的女大学生，特别引人注目。她叫薛慕莲，金陵女子大学的，她的父亲是金陵富商，哥哥是汪兆贵的同学。汪兆贵在南京没有亲戚，所以礼拜天常去她家玩，一来二去的，便熟识了。她很佩服这个比自己大十几岁的哥哥的同学，听他说起革命经历来，羡慕之，神往之，芳心可可，不由就爱上了他。不晓得是男子心粗，还是工作繁忙，汪兆贵竟然懵懂无知，对姑娘几次暗示，一无反应。相反，因汪精卫和蒋介石之间的矛盾，汪兆贵对一心拥蒋的她哥哥，政见不合，去她家次数也就越来越少，两人见面的机会，当然也就稀了。薛慕莲知道汪兆贵和马祥兴的关系，还陪他来吃过饭，这样每到周日，她就来马祥兴，希望"碰巧"和汪兆贵会面。每次来，她必吃那道胡先生豆腐。

汪兆贵是经常来。在和马家人关系中，他最早认识马家这位长子，也最喜欢马德钧。他也没想到，这个外表文静，为人随和的青年，怎么会染上好吃懒做的恶习？思来想去，他觉得小家伙还是南京大萝卜，没的文化的关系，便鼓励他读书，还讲早年林则徐在他家乡广东禁烟的故事。为了速成，他还自编了一个成人识字本，找一些店里常用的字，编成顺口溜："记账一二三,四五六七八,九十百千万,零字稳当插。""干渴饥饿吃,茶水粥饭粑,柴米油盐酱,豆渣青菜瓜……"他将这些写成字块,打散了训练马家子弟。他还告诉马德铭,文人墨客之所以喜欢吃豆腐,也有历史渊源。这里面还有个故事:袁枚提倡吃豆腐,他说豆腐可以有各种吃法,什么美味都可以入到豆腐里。有一天,杭州有一个名士,请他吃豆腐,是用豆腐和芙蓉花烹煮在一起的。豆腐清白如雪,花色艳似云霞,吃起来,清嫩鲜美,叹为观止。袁枚急请教做法。主人秘不肯传,笑道:"古人不为五斗米折腰,你肯为豆腐三折腰,我就告诉你。"袁即席折躬,躬毕大笑,说:"我今为豆腐折腰矣!"主人便告诉他这个菜叫"雪霞羹",以豆腐似雪,芙蓉如霞而得名,并告诉他如何烹调。袁枚归家后如法炮制。毛俟园吟诗记此事云:"珍味群推郇令庖,黎祁尤似易牙调,谁知解组陶元亮,为此曾经一折腰。"恃才傲物的袁枚肯为一方豆腐折腰,一时传为美谈……

每次汪兆贵传授文化时,薛慕莲就怀抱着小定松坐一旁,一脸仰慕地看着心上人,觉得他历史知识丰富,心地善良,那浑厚的男中音,一声声撩得她芳心颤颤。不过,她隐约觉得汪兆贵最近情绪有些颓废,不再像过去那样,一见面就大谈革命道理了,而是和胡教授他们一起,钻研起吃来。是不是对革命前途悲观失望?汪兆贵哈哈大笑,有意岔开话头说:"孔子曰:食色,性也,谈吃就不是伟人,不是丈夫了?大文豪袁枚就好吃,也懂得吃,《随园食单》一书里,大至山珍海味,小至一粥一饭,无所不包。光全羊的烧法,就有七十二种,你知道吗？他 33 岁就辞官，隐居南京小仓山，修筑随园，过了 50 多年的清狂自在的享乐生活，真是高人啊！"

薛慕莲看他一脸神往的样子，隐隐就觉不对——但究竟哪儿不对，她也说不上来。毕竟，她小他十几岁，社会阅历不如他，也说不过他。

小定松很喜欢薛慕莲阿姨，她一到星期天就来，来了还常从街上买些梨枣花生的小零嘴给他吃。他也看出来，阿姨特别喜欢汪兆贵伯伯。伯伯不来时，她一人坐在店里，单手托腮，凝望窗外，一望能望上半天；伯伯一来，她立马好像换了个人似的，楼上楼下穿梭跑，小嘴唧唧呱呱说个不歇。汪兆贵在教马德钧识字时，定松也跟在一旁念。一周下来，汪兆贵查功课时，常常小定松都会了，马德钧还张大个嘴，念不出来。

马盛祥非常感激汪兆贵，但他对这个不成器的儿子，越来越没信心。道理和他说了千条万条，他表面上唯唯诺诺，好像全听进去了，可一转脸，又忘得光光。饭菜手艺，是不指望他学了，站在锅台前，就看他哈欠连天，几辈子没睡觉似的；识字也是小和尚念经，有口无心。从他飘忽不定的眼神里，他就直觉儿子恶习未改，一定还偷偷躲在外面和坏人厮混。只是他现在已经成家，媳妇又贤惠，没人管得住他。

更有桩怪事，从来不问家事的马德钧，近来突然十分关心家里经济状况了，主动要求帮父亲管管账，还几次试探家里藏东西藏什么地方？有一天晚上，店里打烊上门了，德钧突然拿出一包好茶叶，满脸笑容地对马盛祥说："伯啊，朋友送我一斤祁门红茶，我看你从来没喝过，今晚我特地用提梁壶冲泡了，又叫德铭炒了两个菜，我们父子俩好好喝上一杯如何？"

马盛祥就有些奇怪，德钧从来看见他就跟老鼠见了猫似的，今晚怎么主动想起来请他喝茶，还喝这么贵的茶？不管怎么说，总是儿子一片孝心，就嗯了一声，说："我今天累了，茶搁那儿，我明儿个喝。"

德钧一听就有些急，说："伯啊，喝茶就是解乏的么，德铭菜已炒好，不吃可惜了！"

马盛祥想想也是，不吃可惜了这桌好菜，便随口说一声："德铭呢，喊他一道来吃。"

"德铭累了一天，我叫他先睡了。"说着，德钧拎起提梁壶，酽酽地冲上一杯，双手捧着送上来。马盛祥便有些警觉——儿子今天反常，人一反常就作怪，且看他今天要搞什么名堂？

马盛祥喝了两口，的确是好茶！斜眼看看德钧，自己不喝，不停往他杯中斟茶，还心神不宁地往窗外张望。定松今天在爷爷屋睡，小馋猫闻到好吃的，赤脚跑出来，扒住桌边，爷爷便搛一筷菜塞他嘴里。德钧抬手打他一记屁股，说："这么晚了，还不挺尸去！"拦腰抱起他，就往里屋跑。搁往日，马盛祥又要护着孙子骂儿子了，但他今儿个忍着，想看看他到底弄什么玄虚？乘他进屋，将自己面前的茶偷偷泼了，换作一杯白开水。果然，德钧回来还是一个劲地劝，那势头似乎不把老子灌晕不得甘休！马盛祥心中郁闷，一杯接一杯往肚里灌，一会儿便推金山，倒玉柱，趴在桌上，鼾声如雷……

马德钧推推马盛祥，"伯啊，伯！"

马盛祥纹丝不动，鼾声依旧。

马德钧走到窗前，打开窗子，轻轻咳嗽一声，立即翻窗爬进个人来。是小四，抖呵呵的，搓着手说："冷死了，你怎么这么半天才搞定老头儿，让我蹲窗根下冷死了！"说着，碎步到桌前，用手抓起块牛肉，汁水淋漓地就往嘴里塞。

马德钧揪着他耳朵，低声说："你要死啦，还不快跟我进去搬橱，一会儿老爷子醒了，扒你皮！"

小四嬉皮笑脸地说："老爷子要扒也是扒你的皮，菜谱是你家的又不是我家的——哎哟喂，你让我再吃一块嚛，吃不饱我没的劲帮你搬！"

两人蹑手蹑脚进了卧室，借着门外微弱的烛光，摸黑找到大橱。小四低声问："你肯定东西收在橱后？"马德钧说："废话，我怎么肯定？我只是找遍了家里，就剩橱后面的夹层了！来，用劲………"

忽然眼前一亮，马盛祥举着蜡烛，堵在门口。老爷子气得活抖抖，手中火苗摇晃，墙上的黑影飞舞，张牙舞爪似要扑过来一般！小四妈呀一声怪叫，也不顾大橱才抬了一半，扔下手就跪地求饶："马老板我的马大爷哎，这事怪不得我，全是德钧喊我来的，他欠孙大卯泡一屁股债，没的钱去享受，账房马先生说，取了菜谱就一笔勾销哎……"

马德钧刚才被小四一扔，大橱砸在脚面上，龇牙咧嘴，疼得说不出话来。这会儿吸口气，扑在地上喊："伯哎，我伯哎，你不要听他瞎说，他们是一伙，合起来骗我，还给我蒙汗药放茶里，我不肯就要我命哎……"

"住口！"马盛祥怒喝一声，"到这时你还不说实话，要不是我把茶偷偷换作水，这会儿还不被你个吃里扒外的东西搞死！"

马盛祥越说越火，举起杯子就砸，顿时鲜血飞迸，马德钧倒在地上。马盛祥一看儿子血葫芦般，又急又气，头晕目眩，摇摇欲坠。小四乘乱，赶紧连滚带爬跑了……

半个月后，马盛祥请汪兆贵做中人，将财产一分为三，马德钧、马德铭、马德葆各得一份；另有两小份归马德岑、马德峦所有。马德铭随马盛祥继续经营马祥兴，马德葆带马德钧另开一家马太和牛行；德岑、德峦还小，前者在马太和当采购员，后者先在店里帮忙，寻好地方再另立门户。

马盛祥看好好兴旺的一大家子，如今呼啦啦一下说散就散了，五个儿子各奔东西，不由老泪纵横……

此前，汪兆贵已经劝他多次，叫他不要急着分家，刚兴旺的马祥兴一分家实力大伤。但老爷子主意已定，他一个外人，也不好多说。可怜的小定松偎在薛慕莲阿姨怀中，哭得泪人一般。他实在不明白，好好的一大家子，怎么说分开就分开了？

七 险害命痛下毒手
读私塾因祸得福

　　自打分家以后，马德钧就没人管了，更加肆无忌惮，日日和小四混在一起，家也不回，牛行也很少去。三弟马德葆忙里忙外，指望大哥搭把手，找他人是帽顶子不见帽影子。刚开业是百事用钱，两人合伙的股，他是今天找理由抽走一点，明天找理由支个账，气得直性子马德葆哇哇大叫，说你再这样下去，我们分手各干各的算了，否则多你这一根顶门棍儿，做梁嫌短，烧火嫌长！

　　孙大卵泡也对这个马家长子失去兴趣。马仁信贡献的三条毒计，第一条是叫小纰漏捣蛋，顺便偷取马家红烧牛肉老卤，回来按碗付给小纰漏钱；第二条是收买警察敲诈，最好以没收文物名义，毁了马家那口大铁锅。结果这两条计，因为一个刚提拔的二杆子警察局副局长给毁了，他往门口一站，小纰漏没人敢去，他属下的那些个敲诈的警察更是屁都不敢再放一个，躲还躲不及呢！弄回来的牛肉卤，烧头锅牛肉还有那么一点点马家牛肉的意思，烧第二锅就整个儿走味了。厨师说："一定是那口锅的原因，原锅原汁才能原味儿，马先生算计差了。"马仁信说："现成老卤放你面前，叫你照猫画虎都不成，是你们这些厨师技术太差劲！"孙大卵泡看技术没偷得来，自家窝里斗，吵成一锅粥，恼恨地说："去去去，你们都给我闭上鸟嘴，出的全是他妈馊主意，害得老子偷鸡不着蚀把米，白白砸了许多钱——对了，马家那个老大吸白面的钱不能白砸，一定要跟他要回来！"

拖马德钧下水，是马仁信的第三条毒计。原以为三计中，此计最毒：一来让马家长子学坏，从根上让马祥兴烂掉，后继无人；二是即使不烂，控制了马德钧，就控制了马祥兴，让他交出菜谱，交出马家手艺，从而挤垮马祥兴——真是一箭双雕！没想到马老头儿厉害，壮士断腕，釜底抽薪，直接废了长子的继承权，把马祥兴交给了老二！

马仁信听出孙大卵泡对他的不满，淡淡一笑，说："不急，长子废了还有长孙呢。"

"长孙？"孙大卵泡轻蔑地一笑，"那个小炮子还没成人呢，有甚鸟用？"

"你说他没用，他爷爷可拿他可当个宝。"马仁信嘿嘿一笑说，"起码拿他抵押，叫他爸爸还债，还有点儿用吧！"

"你叫我绑架娃娃？"孙大卵泡倒吸一口凉气，咂嘴说，"容我想想，我想想！"

孙大卵泡真想不透，这狗日的马仁信和马祥兴究竟有什么深仇大恨？半年前他夤夜来访，自称有挤垮马祥兴的锦囊妙计，孙大卵泡就将信将疑，甚至怕他也是马家人，和马家串起来玩他。后来看他的确是全力以赴，一计更比一计毒，也就相信了他。可惜马家并不好斗，看似没有任何背景、任何靠山的马祥兴，半空中冒出个汪兆贵，弄了个二五郎当的警察局副局长来，拿个鸡毛当令箭，迅速摆平搞定不说，还要追查幕后真凶，吓得那个花钱买去敲诈的警察，连班也不敢上了，三天两头来找他要几个补偿。孙大卵泡背后也找人了解，那小小的海军军官学校教员汪兆贵可不是省油的灯，他和国民政府的主席汪精卫沾亲带故，连市长督军都寒他三分，我一个小小的五洋酒店老板，跟他斗不是老鼠舔猫鼻——找死么！

　　马仁信从心底看不起孙大卵泡这个酒囊饭袋，从走出家乡那一天起，他觉得自己这个虎贲将军的后人，应该是干一番惊天动地的大事业的。可惜囊中羞涩，无风起翼，只好来求远房堂兄。没想到这堂兄无情无义，拒不见面不说，还让千里迢迢赶来投亲的他，坐了一下午的冷板凳！马仁信虽饱读诗书，但器量极其狭小，一怒之下，找到马祥兴的死对头，欲借孙大卵泡之手，报这一箭之仇。当然，也不纯是泄愤，因为他想，搞倒了马祥兴，他是有功之臣，孙大卵泡无论如何也会分他一杯羹，说不定，能把挤垮的马祥兴店面，交他手上经营，从此在南京立足哩。现在，这个草包孙大卵泡有些怯阵，他当然要给他打气。

　　马仁信一声痰嗽，说："自古成大事者，不拘小节。我们扣留马家长孙，也算不上绑架，只是请他家里坐坐，叫他父亲还钱罢了。这么着吧，孙大老板还不放心，我亲自去办如何？万一警局追查什么责任，我马仁信一肩担待好了！"

最后这句话，说得孙大卵泡心花怒放，连说："好，好，你去办就好！"

这天下午，马定松吃过中饭在门口玩，看到一个吹糖人的担担，围了一大圈人，便也挤过去看。小四悄悄走过来，摸摸他的头，说："小松啊，阿想吃糖人啊，叔带你买。"

马定松人虽小，却懂事，一般不轻易吃人家东西。大拇指含在嘴里，摇摇头。

小四说："没关系，是你伯叫我买的。"说着，从插满糖人的稻草把子上摘下一只，付了钱，递给定松。小定松认识小四，知道他常和父亲在一起，以为真是父亲叫他买的，也就接过来，甜甜吃起来。小四搀起他小手，说："走，找你伯去！"

小四领着定松在街上转了两圈，看看身后没人，一把抱起他，匆匆走后街来到五洋大酒楼后门，推开门，进了后院，低低喊了两声，"马先生，马先生！"没人应，便嘱咐小定松别乱跑，"我找你伯去噢。"带上门，走了。

这天正好是周末，马盛祥和马德钧说好了，每个周末送孙子来家住一晚上，星期天下午再给他送回去。老人家太阳没落山就在店门口手搭凉棚地张了，一望不来，再望不来，就有些着急，差店里伙计去儿子家看看。伙计到马德钧家一看，这家伙好好在家坐着，一盘鸭子、一碟花生米，吃着老酒哩！听说定松不在爷爷家，马德钧也慌了手脚，说我还以为你们把他接走了哩！当下跌跌撞撞直奔马祥兴而来。

马德钧家离马祥兴不远，小定松一般是由父亲送过去，有时爷爷自己也过来接，今儿个两下里搞岔了。马盛祥一看孙子不见了，一边骂着马德钧，一边差人四下寻找。原以为是在邻居家玩耍，或哪位叔叔把他领走了，结果问了一圈，杳无音讯，惊动德铭、德峦、德岑，一家家过来打探。有人说，下午有小娃儿看到被小四领走了。立即有人接嘴，说问过小四了，不在他家。有人说，看他去了对面五洋。又有人说，也去问过了，给孙大卵泡轰了出来，说你家娃儿不见了，到我家找作甚？

马盛祥顿觉不妙，看门外天已黑透，门前一道微微灯光里，飘起片片雪花，不由心急如焚！

马德钧说："要兆贵大哥在就好了，一个片子递到局子里，抓来拷打审问！"

马德铭说："抓哪个拷哪个又打哪个啊？你又没的证据！"

马盛祥说："你们都给我闭嘴！有劲在这块儿闲磨牙，还不如分头去找！"

正巧那天薛慕莲也在店里吃饭，听说这事，跟了过来，说："大家都别乱，我看一边差人喊汪兆贵去，他南京地面上人头熟，或许有法；一边分头去找。天寒地冻的，时间迟了，娃儿恐有意外！"

当下凑齐灯笼火把，众人分三路，冲风冒雪而行。

薛慕莲是随着马盛祥一路。她怕老爷子心急，一路上安慰他，说堂堂首都，帝辇之下，不会有歹人行凶。其实说这话，她自己心里都空落落没个底。所以一路向北入城，一路西行安德门，她选了最危险的南路，往雨花台山里头走。越往山上走，路越窄，越黑，刚刚下了点雪，路上泥滑难行。突然，她看见路边草丛中红光一闪，灯笼仔细照去，竟是一顶瓜皮帽——她买给马定松的瓜皮帽，春节买的，当时看帽顶镶着一块红玻璃，宝石似的，挺好看，就买下了。所以灯光一照，一闪，薛慕莲立刻认了出来！

老爷子一见瓜皮帽，急得直跺脚。薛慕莲说："大家别慌，既见到帽子，就能找到人，快走！"

再往上，山坡后是一片乱葬岗。官兵杀人的刑场，就在山坡上。山坡后的乱葬岗子，街上饿死的"路倒"、穷人家养不起的丫头以及大姑娘的私生子，包包裹裹都扔在那里。乱葬岗上有许多野狗，隔着老远，就听见狺狺吠声，野狗似乎在撕咬着什么。可怜老头儿马盛祥捡起一根树棍，大呼小叫，跌跌撞撞就往上跑。薛慕莲年轻，腿快，几步越过老头儿，径直冲到山坡上。只见山坡下一群狗，正在撕扯什么包袱，那包袱好像还在动。薛慕莲头皮发麻，抓起地上土坷垃就砸，一边砸一边往下跑，腿下一空，骨碌碌滚了下去，正好滚到那个包袱前。包袱皮已经撕开了，隐约是个孩子，满脸是血，定睛一瞧，不是马定松是谁？！

原来，马仁信安排小四把定松带进店里，有意隐身不出，这样以后万一追查起来，好有个退步。等小四一出门，他立即闪身出来，揪住定松耳朵就往柴房里拉。马定松一看是个陌生人，还凶神恶煞的，当然就不跟他走。马仁信用力一扯，小定松一声惨叫，耳朵给撕豁了，鲜血直流。小定松厉声惨呼，马仁信怕人听到，一把捂住他的嘴，抱起他就扔进柴房里。再一看，小定松一动不动，晕过去了。

马仁信带上柴门，心头怦怦乱跳。他想坏了，娃儿给整死了怎么办？一个阴毒的计划在脑中一闪，他快速做出决定：他妈的，马家不仁，孙家也是不义。干脆，让孙马两家斗个你死我活去！主意拿定，他还特意在店里无事佬似地闲转了一圈，打开账本，做出一副正在算账，算了一半的样子。然后，从容离去。回房间匆匆带了点行李，取一床薄被，悄悄潜进柴房，看小定松依然未醒，趴在地上，那只撕坏的耳朵贴在地面，冻成一个血砣砣。他把小定松卷起，扛在肩上，乘后门无人，直奔乱葬岗。上山时，天刚黑，心里有鬼，腿下发虚，原来准备到没人处，再砸他两砖，往死里整。忽然就见四周绿光闪闪，一群狼围了上来。马仁信一身冷汗：吾命休矣！忽听狼群中一声狗叫，这才想起，是乱葬岗上的野狗——也好，扔这儿，一会儿工夫让野狗吃了，更是神不知，鬼不觉！便把娃儿往山坡下一扔，逃离现场。

也是马定松命不该绝。他这么一抛一扔，昏死的马定松骨碌碌滚到坡下，摔醒了过来。野狗先是吓一跳，围住包裹梭巡，然后一两只胆大的上前撕咬，小定松奋力挣扎。这些野狗平时吃惯了不动的死尸，看包裹突然动了起来，不由大惧，四下乱窜。俄尔又围着包裹又撕又咬，狂吠大叫，这才引来上山寻找的人群——也叫千钧一发啊，再迟一迟，恐就命丧狗腹了。

当下众人驱散野狗。马盛祥摸孙子身上冰凉，赶紧解开

棉袍，把他捂在怀里。须臾，小定松身上暖过来，抽抽嗒嗒哭出声来，老爷子心才落地。薛慕莲看老爷子浑身直抖，怕老人家身板吃不消，接过孩子，解开衣襟，捂进自己怀里，抱着下山。小定松躺在薛阿姨温暖的怀里，一会儿就睡着了。

众人下了山，才见汪兆贵领着警察，火急火燎地赶来。当他看见薛慕莲累得脸色苍白，额头上汗珠滚滚，不由十分心疼，说声："你受累了！"一直坚强有主见的薛慕莲闻听此言，竟然扑在汪兆贵怀里，放声大哭，把大伙儿都哭愣了⋯⋯

待小定松断断续续说出缘由，依汪兆贵脾气，立马就要打上五洋门去，叫他们交出真凶。但马盛祥和薛慕莲都说，先救孩子要紧，汪兆贵便开了车，带孩子进城看伤。那个副局长拍胸脯让汪兆贵放心，一定查出真凶，当即带人去孙家盘查。其实，此前孙大卵泡已经知道大事不妙，因为后来小四告诉他，人是他领进后院的，只是没碰见马仁信而已。马家人找上门来时，孙大卵泡也正在到处找马仁信，这狗日的不晓得跑哪去了？柴房里留着一摊血，要真出了人命，孙大卵泡可是跑得了和尚，跑不了庙啊！所以警察上门，他是又喜又忧：喜的是，幸好娃儿没死，不吃人命官司了；忧的是，小定松指认是他家账房先生干的，警察叫他交出凶手。他是左哀求，右祷告，私下塞足了红包，才把警察老爷打发走。这以后，警察隔三岔五上门，说上峰公事催得紧，每次来都要用钱打发，孙大卵泡自是苦不堪言，却让轮番讨债的警察们，意外发了笔小财！

马定松伤无大碍，只是耳朵坏了。后来请中华门里璇子巷的名医张简斋手术，缝好耳朵，听力未损，只是耳垂少了一块，人称"小耳朵"。

经此大变，马盛祥对这宝贝孙子，格外放心不下。汪兆贵力劝让孩子读书。其时，南京教育改革，学堂都作学校了。只是学校较少，且学费昂贵，一般都是有钱子弟才能入学。马德钧说家里没钱，又嫌城里回民小学太远，推三阻四。薛慕莲刚为婚事和家里闹翻，为能经常看见心上人，便在长干里租了间房，主动提出，她来教定松读书，不要钱。马家自是十分感激，常送些菜去，颇似当年孔子教徒收的"束修"了。

薛慕莲学的是文科，文史知识很是丰富，她常给马定松讲历史上的优秀人物，尤其是回民中的佼佼者。她告诉马定松，元朝有个回族诗人叫萨都剌，曾在南京做过官，写了大量歌咏南京的诗词，最著名的有《念奴娇·登石头城》《满江红·金陵怀古》。"玉树歌残秋露冷，胭脂井环寒蝉泣，到如今，只有蒋山青，秦淮碧。"这句名句，薛慕莲更是咏了一遍又一遍，星期天还带马定松登上钟山，俯瞰玄武湖，现场讲解诗词的深刻含义。所以，马定松新中国建立后填表，学历一栏一直写"四年私塾"，实际上就是薛家小姐教他读书这一段。

这一段，也是马定松一生中最快乐的时光！

八 | 学绝技一刀屠牛
打擂台定松回店

光阴荏苒，小定松长大了。

马德钧整日里沉迷白面，家境是黄鼠狼拖鸡——越拖越稀了。没的钱，读不上书，小小年纪的马定松，也开始在马太和牛行学徒干活了。

现在的马太和牛行，主要是老三马德葆经营。马德葆年轻力壮，又有经营头脑，加上马祥兴店里每日都要来拿肉，销售渠道自不成问题，牛行生意愈发红火。牛行里几个宰牛师傅，个个都是快刀手。其中一个叫达长风的，习过武，身怀绝技，力大无穷，屠牛从来都是一刀毙命，人称达一刀。

马定松在牛行干活，从不以少东家自居，和学徒在一起吃，一起睡。实际上，他也晓得，父亲在牛行里投的那点钱，大部分已被他挥霍光，他早已不是什么少东家了。所以他想多学点手艺，将来好安身立命；多干点活，也算在叔叔店里弥补父亲的过错。每天早晨天不亮地不亮，他就去秦淮河里担水。缸挑满了,再扫地,磨刀。他知道宰牛技术好,很重要的一个基本功,就是会磨刀。有一把趁手的好刀,宰牛才快。怕师傅不诚心教他,每天晚上睡觉前,先把师傅白天用过的刀,一把把收过来,压在自家枕头底下。这样第二天,无论哪个师傅先起床用刀,首先把他惊醒。其实,每天也不用人喊,小定松自己会早早起床,将刀磨得雪亮,然后等吃了早茶的师傅们,打着饱嗝,一个个把各自的刀取走;晚上,牛行上闩了,他和师傅们一起冲地,洗盆,忙到很晚不得歇。三叔很心疼这个大侄儿,觉得他跟他爸爸相比,简直就是一个天,一个地。三叔经常对他说:"干活不要太猛了,你还小,还在长身子,累坏了就补不回来了!"

马定松拼命干活,还有一个原因,他是想跟达一刀学艺。他每次看达一刀宰牛,就像看一场精彩演出一样,如痴如醉。一般师傅将牛拉进院来,先是用绳拴住四蹄,几人帮忙,发声喊,将牛放倒,头按在盆边。然后阿訇过来念经,用刀拉开一个小口,见红了,师傅才上去,用刀使劲往脖下一捅,最好一刀割断血管、气管和大筋,行家叫"一刀断三管"。假如一刀割不死,左一刀,右一刀,牛疼得四蹄直蹬。劲大的,能挣脱绳子站起来,满院狂奔,那这个师傅脸就丢大了。达一刀宰牛可不一样,牛牵了进来,不要拴,不要拽。先让阿訇念了经,用小刀在牛脖上比画比画,轻轻拉道口子。就见达一刀左手扶牛头,右手闪电般将刀插进牛脖,左手顺势一推,牛便轰然倒下。这才拔出刀,血喷涌而出,全部准准地淌在盆里,牛身也正好倒在盆边,然后换小刀剥皮,分肉……整个过程干净利落,甚至听不见牛哼一哼。

马定松多次缠着达一刀，要跟他学宰牛。但达一刀好像天生和富人有仇似的，对少东家身份的马定松，爱理不理，说："这是我们穷人的手艺，你读你的书去，学这做甚？"实在缠不过了，又敷衍说："你要能吃得苦，磨好刀，我再教你！"

马定松赌上一口气，非把达一刀手艺学来不可。他干活下死力，不怕脏，不怕累，尤其是磨刀技术。本来这活儿不需要他干的，他主动帮各位师傅磨。半年苦下来，他小胳膊小腿也是肌肉圆滚滚，身体结实多了。达一刀看这娃儿有血性，不怕苦，后来也了解到他的家庭，有这么个不争气的老子，童年命也够苦的了，便对这少年刮目相看。宰牛时，顺便给他讲讲关门过节之处。马定松很聪明，晓得自己马上杀牛，劲还不够，一边随达一刀早晚活动时，学他一招一式练练手脚，一边抢着在达一刀剥牛时，自己帮助剥皮，开膛，切割牛肉。他想起薛慕莲阿姨教的成语庖丁解牛，只有将牛身上的各个部位搞清楚了，才能做到游刃有余。现在放着这么好的条件，这么好的师傅，为何不学呢？

达一刀有一次练武时，和他开玩笑说："人家练武耍把式最忌讳别人偷学偷看，我就听我师傅说过，有一次有人在墙外偷看他练武，他甩手一飞镖，将那人眼睛都射瞎的了。你倒好，也不拜师也不交钱，大模大样就随我练起把式来了！"

马定松何等乖巧，立马翻身下拜，说："师傅，今儿个就算你就收下我这个徒儿吧！"

达一刀呵呵大笑，说："鬼娃儿倒精，一文钱拜师礼不送，就磕头了。好，也算我俩投缘，我认下你这个徒弟了！"

从这一天起，达一刀教他武术。他告诉马定松，他练的是少林混元一气功，不要多大场地，讲究的是守元吐纳，强壮筋骨，站着练，坐着练，甚至睡着练都行。所以这种功，特别适合劳作之人，不需多少时间和体力，甚至在干活中间都可以偷着练。一个周天搬运下来，人不觉累，精神更觉健旺。至于宰牛技术，完全靠的是对牛的了解，熟悉牛的筋络走向，肌肉纹理。宰牛时，还有一套手、眼、身、法、步，配合好了，一刀放倒。马定松刻苦学习，早晨站在山顶上，对着太阳扎马步，呼吸守元；晚上上了床，不论多累，盘膝而坐，手持莲花，坚持一个时辰的运气吐纳。

马定松第一次宰牛，才14岁。那天牵来的是头小牛，达一刀看牛不大，角还没长硬，估计没多大劲，就让马定松试试身手。马定松第一次主刀，心情有些紧张，学着达一刀平时的做法，先在牛背上摸摸，牛头上摸摸，顺势再往下摸它脖子，想着牛身上的筋络部位，该在哪里下刀？哪晓得刚才在达一刀手上还乖乖的牛，到了马定松手上，立刻变得焦躁不安，低着头，瞪眼甩脖地不让他靠近。马定松急了，一个侧步闪到牛的左侧，左手按头，右手一运力，瞄准脖眼扎了进去。哪晓得牛头一甩，将马定松摔倒在地。牛脖上带着刀，扬起前蹄就踏下来。马定松一看不好，一个侧翻，滚到牛肚下，牛蹄落下时，腾身而起，双手抱住牛肚，紧紧吸在牛肚皮上。受伤的牛前仰后掀，又踢又挑，达一刀紧紧牵住了牛绳不放。看看牛没劲了，马定松一翻身，骑在牛背上，抱住牛脖子，一把拔出刀来，看准部位，狠劲又是一刀，直没至柄。牛晃了两晃，前膝一软跪下，马定松一跃而下，顺势将牛头一扳，一推，牛呼通倒下，四腿直抽，眼见是不得活了。

马定松擦擦汗，冲师傅咧嘴一笑。达一刀一声不吭，走过来就是一个嘴巴，抽得马定松原地打了个转。达一刀说："你还好意思笑？我平时怎么教你的！牛也是条生灵，也通人性，你摸它的时候，甭想着怎么去宰它。你这么一想，身上就带了杀气，它就焦躁不安了。你要顺着它的毛抹，想着它本是人间一道菜，怎样让它死得安详些，少些痛苦。像你刚才哪是宰牛？你是斗牛么！"

也就是师傅这一巴掌，使马定松在宰牛的技艺上，突飞猛进，前进了一大步；从宰牛这件谋生之道上，他又悟出许多做人的道理。

他不恨这个师傅——多少年后，当马定松也练出一刀毙牛的绝技；新中国成立后，当人们都夸马定松师傅，只要用手掂一掂牛的肚子，就知道这牛宰出来，能出几斤肉的时候，马定松都会想起少年时代学徒的艰难，想起这个严厉而又慈祥的师傅。

且说马德铭接管马祥兴后，雄心勃勃。他的思路与马盛祥不太一样，他觉得马祥兴不应该墨守成规，应该根据时代潮流，走高档路线。他首先扩充了店面，又招收学徒，店里员工增加到20多人，还高薪招了几个厨子。当然，主要掌勺的大厨，还是马德铭。菜的档次和过去也大不相同，因为经常有达官贵人叫席，马德铭也陆陆续续创了些名菜。当然，日子也好过多了。马德铭十分孝顺，叫老爷子没事就不要往厨房里跑了，抱一把茶壶，楼上安生坐着当享福老太爷去。

马盛祥把店交给二儿经营，很是放心，但做幕后老太爷，却不大习惯，有事没事还是常在店里，抄着手，眉头紧皱，站在大门口往外张望。店里人都知道，他是想他那个大孙子哩！

和马祥兴一派兴旺相反，街对过的五洋大酒楼却愈发显得破败，潦倒了。孙大卵泡经那次变故，活脱脱瘦了一圈，人也没了精神，每日手里盘着两颗铁蛋，瞪着两只肿眼泡，恨恨地瞧着马祥兴。

这一日，生意萧条的五洋大酒楼门前，突然挂出一条横幅："特聘广东名厨'神火张'料理：活色生香，一尝难忘！"广告吸引路人驻足。就见店里新来了一帮伙计，一个个搬进搬出，铁笼子、大火钳，还有怪里怪气的炉子。孙大卵泡一改愁容，满脸堆笑，透着几分神秘。私下里放出风来，要和马祥兴"对摆"——即菜馆办席比菜打擂台的意思。旧时饭馆生意，平时看不出高低，一摆酒席就看出水平来了，谁家的花样多，菜好看，谁家自然在本行站得住脚。孙大卵泡发狠说："我在南门外混了十几年了，我就不信一个回民挑子，才来几大天，就能压过我去！"

马德铭十分关注对过的动静，对马盛祥说："伯啊，对过蛮热嘈的么，好像有新玩意儿，听说要和我们对摆哩！"

马盛祥横了他一眼，鼻子里哼一声，说："打了几年交道了，孙大卵泡肚里那几斤几两下水，我还不知道？甦理他！"

马德铭对老爷子的老气横秋，很不以为然。从心底讲，他佩服老爷子早年的艰难开拓，但他毕竟是荒饭摊子起家，做的是简单快餐小吃。现在马祥兴是个什么概念？现在是城南赫赫有名的回民菜馆，连城里老爷太太都常来的雅座酒楼，哪还能用过去的老观念来经营呢？他咳嗽一声，清清嗓子，尽量用平和的口吻说："伯啊，你看我们店里，这许多年了，烧来烧去也就那几样菜。上次三山街胡老板请客，叫我们上十八道菜，要道道不同样，我们几个大厨在厨下想破脑袋，差点儿凑不出来。我们不能仗着一口明朝老锅、一副对联吃一辈子啊！"

马盛祥晓得这个儿子有心计，下面肯定有话，嗯了一声，望着他，意思是，那你说怎儿办呢？

"我想找几个厨子，正儿八经能做菜的厨子，哪怕多花点儿钱，也值！"马德铭说。

"行。"马盛祥爽快应了一声，又说，"不过有个条件，你给我把太和牛行的定松也招店里来。"

"喊定松和招厨子有什么关系？"马德铭叫起来，"伯要觉得大哥家可怜，就从账上支几个钱去，听说定松在行里和伙计一样干活，是蛮可怜的！"

马盛祥老脸红了一下，认真说："儿啊，我跟你实说了吧，你家大哥这辈子是废的了，定松跟着他，受苦受累不说，我还怕以后有什么闪失，我对不起我这个长头孙子呀！我早就想和你说了，你给我把定松召回店里来，我手把手教他厨艺。我就不相信，凭我这么多年的经验，教不出一个好厨子！"

马德铭看老爷子吹胡子瞪眼的，不答应好像过不了门，便点点头，说："好，就依你——说好了噢，他只是店里招的厨子，和其他厨子一样待遇。"

就这么着，马定松重回马祥兴。陆续进店的还有孙长有、孙有发、金宏义等社会上有名望的厨师，名厨毕至，群英汇集，马祥兴上下抖擞精神，准备和五洋大酒楼一较高低。

九 | 精烹调八珍罗列
活宰杀丢人现眼

　　饭店打擂，和武林打擂不一样。武林打擂只要空地上搭一高台，提前张榜邀四海好汉，定下一个准日子，到时自有围观者齐聚台下，热热闹闹；饭店对摆却要遍请名流食客，摆宴席让人家说三道四，口碑定名。时间也不一定在同一天，看客人自己需要而已。

　　教授胡翔东是马祥兴老客，听说有这等热闹事儿，说："不要紧，礼拜天我给你邀帮人来，都是骚人墨客，食不厌精，脍不厌细的。你们就拿出最好的手艺来，精心烹调，让我们一饱口福吧！"

　　近代著名书法家谭延闿是胡先生老友，这次也在应邀之列。这个光绪年间的进士，曾授翰林院编修，工书法，擘窠榜书、蝇头小楷均极精妙，文名远播，曾任南京国民政府主席、行政院长。那天他一进门，就双手抱拳，连说跑错门了，跑错门了。原来轿车将他送出中华门，司机不晓得马祥兴在哪里，问他怎么走？他想，胡教授说的饭店，一定大名鼎鼎，就踩踩脚，说："哪家饭店热闹，就是哪家了。"结果司机一脚头把他送到对门五洋大酒楼。乖乖龙里冬，就听门口吹吹打打，请了一帮西洋乐队。门头彩旗飘飘，门前又是炉子，又是笼子的，围了许多人看热闹。场中还拴着头非马非鹿的牲口，牲口头上怪里怪气地挽着一朵红绸花，不晓得是干什么用的。谭延闿一下车，就被人拉进店去。店里酒席高张，食客阵阵哄笑，定睛一看，是一条大活鲤鱼，身子从油锅里走过，炸得焦黄，上面淋着汤汁，已然熟透，可嘴还在一张一合，尾巴还一翘一翘。还有几个戴着纸糊高帽的厨师，将活鹅死命按在烧红的铁板上烤，一边烤一边浇调料，直到那鹅掌肿起两寸来高，再活活地砍下，供人食用。最过分的是那"生烤活鸭"，就是弄个铁笼子，笼子外面放一盆酱油，下面燃起炭火，把一只活鸭关进笼子里。那鸭子被炭火烤得燥热难当，就会伸出脖子喝笼子外头的酱油，结果是越喝越渴，越渴越喝。最后，鸭子浑身的毛羽都会脱尽，倒在笼中活活烤熟……

众人听了毛骨悚然，胡翔东说："谭兄你哪儿是去吃饭，你给我们描绘了一个人间修罗场么！"

谭延闿说："是啊，我想胡兄叫我捧场的饭店，会是这等残忍地方？一问伙计方知，我跑错了门。最好笑的是，我转身出门时候，一个胖胖的老板还拉住了我，说看我样子应该是个有学问的，叫我评价小店特色如何？我送了他八个字：暴殄天物，残禽以逞！"

众人一愣，旋即会过意来，谭先生是将残民以逞换了个词儿，顿时响起一片掌声。席间还有记者，掏出笔刷刷就记，连说好词，好词！

记者姓李，南京一家晚报的。原来他也不是什么记者，华乐园一个小跑堂的。因为读过几年书，识得几个字，便一直寻思干个体面点儿的工作。恰巧报馆招广告业务员，他就去报名了。没有底薪，拉一笔广告，拿一份提成。一开始，他四下奔波，到处碰壁。后来找到一个窍门，就是找人家要广告，不能开口就谈钱，最好先帮人家写篇文章，拍拍对方马屁，再谈广告就比较方便。所以，他在外面活动，都是扛着记者的招牌。因为南京回民饭店他最熟，所以他就认准了这块地盘跑，只要打听到有什么名人上桌的酒席，他都老脸皮厚地往里头钻。人家听他是记者，也不好拒绝。你不要说，由于他胆大皮厚，敢上台盘，许多名人的活动都给他逮着了，回去加油添醋，也发了一些豆腐块文章。虽然都是些花边新闻，但晚报就喜欢这些文章，主编还是蛮欣赏他的，干脆留下他做了真的记者。一来二去，他的新闻在首都也出了名，捕风捉影，有一说十，细节描绘，香艳可闻。前一段时间，明星胡蝶的新闻，真真假假，大多出自他手，一时也以"秦淮名记"自称了。此刻李记者逮着机会，当然要卖弄一番，说："谭先生不愧中国文坛泰斗，一字千钧，我想那家店主此番是吃不了兜着走了。"

胡翔东不晓得李记者底细，听他说得不伦不类，打岔说："大家也别尽在这儿掉文了，马老板，我们肚子早饿了，你有什么好吃好喝的，就端上来吧！"

马德铭脆脆应一声，就喊厨房走菜。为今天这席酒菜，马德铭可以说是全力以赴。他和几个新来的厨师商议，一定又要有马祥兴的传统特色，又要兼容别派新奇制作。因为现在马祥兴逐步走高档路线，来的食客中很多是见过大世面的，品种单调会显得小气。所以光菜谱，几人就研究了两天，许多菜还先烧了试口。各人打叠精神，要在擂台上老鼠掀门帘——露一小手。只有马定松经验不广，拿不出什么菜来，但他积极给各位厨师打打下手，仔细看他们的刀功火功，不懂就问，问二叔尤勤。马德铭可能太忙，无暇招呼侄儿，倒是马盛祥人老心不老，一边耐心教他孙子，一边帮他择菜递盘的，恨不得直接上锅帮他翻勺。马盛祥告诉孙子："春酸夏苦秋辛冬咸，早韭晚菘陈酿新芽，食客的口味变化，菜蔬的四时八节，这里面学问歹怪那个大哩！就以早韭晚菘来说，开春韭菜似仙草，入夏韭菜不如柴，错过了时令端上桌，会倒了饭店招牌；菘是什么？菘就是大白菜，刚入秋的大白菜松松泡泡，有点苦，炖菜时就要稍微搁点儿糖。等秋分后有霜了，大白菜叶子冷得抱紧了，嫩黄的菜心就有点儿甜，这时候口味最好，就原汁原味的下锅，无须放糖了……食材的学问，烹调的火候，还有食客的神色态度，这些东西够你学一辈子的，千万别小看了厨师这个行当！"

马盛祥对这个孙子，绝对不仅是教他厨师的手艺，更是教他如何掌管一家大饭店了。

那天对摆的一桌菜，的确让人大开眼界。先上九碟冷盘，就有红有白,色彩鲜艳:桂花鸭全盘（主盘）、干切牛肉、油爆虾、

白斩鸡、熏鱼、蓑衣黄瓜、佛手笋、素烧鸡、炝银芽；然后是四个热炒敲门，香味扑鼻：宫灯鸡米、凤尾五扇、芝麻牛排、雪山藏宝（鸭四宝）；紧接着就是最见功力的五道大菜：明月海参、叉烤肥鸭、松鼠戏菜、葵花牛圆、猴头菜胆。其间还有一道双色鱼圆汤润口，两个甜菜助兴：拔丝香蕉、四色果羹；最后再加四道点心：鸡丝春卷、元宝酥饼、三色彩饺、豆沙小包。客人大快朵颐，赞不绝口。那李记者更是忙活，一边流星赶月般忙不迭地往嘴里夹菜，一边掏出相机猛拍。几乎上一道菜，就拍一张照，还要到厨房间去，说要亲眼见识见识这些大厨如何将简单的食物烹调成艺术品的？胡翔东笑道："差矣，人间美味，只宜远赏近吃，不宜去看烹宰过程，岂不闻，君子远庖厨乎？"

　　马定松那日负责传递席上客人对菜肴的意见，顺便向客人介绍各道菜肴的取材和烹制。他从薛慕莲那儿读了许多书，对文人一向尊敬，在一边听他们交谈，的确也长很多见识。但他毕竟年轻气盛，一听胡教授此言有些看不起厨师的意思，便笑着说："胡教授，我向您请教了，君子远庖厨是孔子说的，原话好像是：君无故不杀牛，大夫无故不杀羊，士无故不杀犬。君子远庖厨……孟子解释这段话的意思时说：君子之于禽兽也，见其生不忍见其死，闻其声不忍食其肉，是以君子远庖厨也。由此可见，君子远庖厨好像不是看不起厨子，也不是是人就下不得厨房的意思吧？像刚才谭先生那样，不忍看血腥残杀现场，应该就是君子了，而不是说君子连厨房都不能去，在厨房里烹调就都不是君子了吧！"

谭延闿听罢呵呵大笑，连说："好，好，好，不忍看残杀，并非不能近美味——我们该为小师傅这句话，浮一大白！"

胡翔东脸微微一红。汪兆贵在他耳边低语几句，他立刻明白了这小厨师的身份。胡翔东乃潇洒豁达之人，立刻举杯说："对，对，对，后生可畏啊——我没有看不起厨师的意思，古人云，治大国若烹小鲜么，厨师中也有杰出人才，干！"

马定松侃侃而谈时，后面厨房里人都听见了，半懂半不懂的，个个手心里捏了一把汗，马德铭更是生怕这小炮子子顶撞了客人。及至看客人都没生气，一个个还哈哈大笑，大家才松了口气。马盛祥更是笑得眯起老眼来，掀动胡须。正想老王卖瓜，自卖自夸一下自己的孙儿，忽听街上人声鼎沸，急忙抢步出去——

只见刚才街对面的那头马鹿，血淋淋浑身是伤，脱皮挂肉的在街上狂奔乱咬。原来，孙大卵泡见炸活鱼、烤活鸭还吸引不了顾客，干脆从东北逃难的老乡手中，买下这头南京人鲜见的马鹿，绑在门口，声称活宰活杀野味，顾客想吃畜牲身上哪一块，当场就割下来拿去烤。城南这个落地，贩夫走卒很多，那些赶脚的，平时就很爱惜牲口，看五洋大酒楼这样残杀动物，都愤愤不平，说你要杀就杀，这样千刀万剐的，让马鹿活活生受，人不是比畜牲还不如了吗？偏偏那广东厨子，不大听懂南京方言，看围观者议论纷纷，顿时还来了精神。挽起袖口，亲自动手，一边大声叫卖，一边就在马鹿身上下刀。马鹿被捆住，动弹不得，那厨子左一刀，右一刀，眼看着皮开肉绽，红肉白筋挂了下来，血淋淋不忍卒睹。忽然，厨子手一抖，割错部位，无意中割断了一根绳子。疼痛难忍的马鹿发起野性来，垂死挣扎，挣脱绊羁，冲入人群又踢又咬，顷刻间伤了数人，街头顿时一片混乱。

就在一片惊呼声中，只见一少年冲出人群。正是马定松，他一个箭步蹿至马鹿边，左手轻舒猿臂，勒住缰绳，将暴跳的马鹿头死死向下按住；右臂一挥，劈手夺下那吓呆了的广东厨子手中利刃，白光一闪，插进马鹿脖。马鹿哼都没哼一声，倒地而亡。半晌，周围才响起一片掌声；更有人呼喝着，用砖头石块向五洋砸去，五洋新装的门面顿时被砸得稀烂——李记者逮到这条好新闻，岂肯轻易错过？经他一番加油添醋渲染，《马祥兴文菜斗彩显文化，五洋楼现场宰鹿活丢丑》这条新闻次日便登在报纸上，将马祥兴和五洋大酒楼的这场擂台赛写得活色生香。一时间，马定松成了武林高手，五洋大酒楼臭名远扬！

马德铭忙了一天，看最后风头全被这个侄儿抢走，微微有些不快。他咳嗽一声，对马盛祥说："伯啊，我看我们店的门头也要重新粉刷了，谭先生今儿个跑错门，恐怕还是我们店虽扩大了，门面还不显。"

马盛祥正在高兴头上，没听明白马德铭话中意思，说："好，好，是要重做一下门头，让马祥兴兴旺起来！"

过了几天，新门头便做好了。新门头很大，也很气派，只是在马祥兴三个大字的右首，小小加了两个字："铭记"——铭记马祥兴。

马盛祥站在新招牌下，望着二儿的这番杰作，久久没作声……

十 | 情难谐佳人伤春
传菜谱名厨永诀

1931 年，震惊中外的"九·一八"事变爆发，日本人侵占了我东三省，全国抗日热情一浪高过一浪。南京城里学潮迭起，年轻人纷纷走上街头，抗议政府的不抵抗政策。

地处城南的马祥兴菜馆，生意却蒸蒸日上，门口车水马龙，政府高官和党国要人，三天两头来吃喝。因为车子太多，店里还特地叫了一个小学徒在门口看车，一般小地痞、流氓看那气势，也没什么人敢来捣乱。

马盛祥已经老得不能动了。看着亲手盘大的店面，他对老二的经营能力一点不怀疑，他现在唯一一担心的是大孙子马定松的婚事——已经 20 多岁的马定松，菜艺超群，早成马祥兴的大厨。但这娃娃怪，先前给他说了几个女人，他都不满意。如今，南京城里有名的马长兴鸭子店老板亲自来提亲，要把家里头二姑娘马秀英说给马定松，但马定松还是不松口。这小炮子子，肚皮里究竟揣着什么鬼心事？

马定松自己也说不上来。

他心底下，隐隐约约有个薛慕莲。尽管他知道，这个在班辈上应该叫阿姨或老师的女人，心里绝对不会有他。他和她结合，更是帽顶子不见帽影子的事。但每逢有人给他提亲，不论这姑娘长得怎么样，他总会自觉不自觉地拿她和薛慕莲做比较，觉得这也不满意，那也不满意，最后总是弄得媒人兴头头地来，灰溜溜的去。

薛慕莲还住在长干巷。前几年，马盛祥为了让孙子多学点儿手艺，送他去京苏名厨黄金海、陈炳钰门上学徒，一去都是一两个星期。每次回来，马定松出中华门时，都要走长干里弯上一弯，顺便去看望薛慕莲。去时当然不会空手，总是带点烧好的菜，或提两条鳜鱼，一篓螃蟹，让她尝鲜。

大概和家里已经决裂的关系，薛慕莲现在生活景况也不怎么好。刚从金陵女子大学毕业，还没找到正式工作，就在附近一所小学代代课。经济情况似乎还不是折磨她的根本原因，情感上的挫折，让她十分消沉。马定松每次去，都看她寂寞地倚在窗前，看一水秦淮缓缓地流；或坐在灯前，一遍又一遍地抄写唐诗宋词。她特别喜欢南宋女词人李清照的《武陵春》：

风住尘香花已尽，日晚倦梳头。物是人非事事休，欲语泪先流。闻说双溪春尚好，也拟泛轻舟。只恐双溪舴艋舟，载不动，许多愁。

最后那个愁字，她能一晚写上多少遍！

薛慕莲拿马定松还当是当年依在她怀里的小娃娃，其实她比马定松也就大个七八岁。快30岁的女人了，因为没生育，又保养得好，美丽年轻，和马定松站在一起，还真看不出谁大谁小。每逢马定松来，她都会韶韶叨叨地和他讲上半天，内容大多是汪兆贵，讲着讲着就哭起来。从她断断续续的诉说中，马定松知道，她一直暗恋着汪兆贵，而且几次都含蓄向他表白过。可这个汪兆贵也怪了，就是不接话。起初，薛慕莲以为他有难言之隐，甚至怀疑他在家乡有家室。薛慕莲甚至想过，就算他家里有妻室，她也要跟他结合。现在都民国了，女性解放了么，只要两人真正相爱，什么也拦不住！可后来了解，不是这么回事。有一次汪兆贵喝醉了酒，才说出拒绝的真正原因：原来他也想学学他的偶像，也就是他那个远房堂兄汪精卫，革命不成功就不成家。薛慕莲说："皇帝早就赶跑，你和你那个汪先生的革命不是已经成功了么？"他痛苦地摇摇头，说："不是这么回事，远不是这么回事，从清朝最后一个皇帝下台，中国一天没有消停过。袁世凯窃国、张勋复辟，然后是蒋、冯、阎、张……军阀混战，他所崇拜的汪主席也一次次被排挤出国。就今天我们国民党内，也是派系林立，没人真正信奉孙中山的三民主义。"他说："我挣扎过，努力过，但个人的力量太小；我也失望过，颓废过，甚至有意和教授们一起，研究吃喝，沉迷享受，想和大家一起混混日子算了。但我心底还是无法忘记年轻时的志向，无法忘记救国救民的抱负。早知今日，何必当初，何必当初啊！"

汪兆贵每回说着说着，便痛哭失声。可酒醒了以后，又一言不发了——他是个很深沉很内向的人，什么事都压在心底，不形诸于色。薛慕莲经常劝他说："汪哥，你说出来，我和你一道承担。"可他总是摇摇头，用孙总理那句话来搪塞，革命尚未成功，同志仍需努力！这以后，干脆躲着薛慕莲不见，竟连马祥兴也来得少了。

马定松每次听她哭诉，心里都有一种非常复杂的感情，说不清，道不明。有一次薛慕莲偶感风寒，连续几天咳嗽，咳得痰中带血，不由大悲，说自己可能不久于人世了。马定松陪她去张简斋老中医那里看过病，送她回到小屋，然后冰糖熬梨喂她。薛慕莲高烧未退，倚在枕上，云鬟散乱，两颊酡红，迷离的目光中，似乎那喂她梨儿的男人，就是汪兆贵，双臂钩住他颈项，一把紧紧抱住，说："不要离开我，不要离开我！"可怜马定松已是血气方刚男儿，被她玉臂锁定，樱唇贴耳，酥胸半露，不由得欲胀欲裂！他把她揽在怀里，伸手抚摩着她的头发，说："薛姨，冷静点儿，冷静点儿！"

薛慕莲听得马定松说话，才猛地一惊，一把推开他，倒在枕上，泪水顺着雪白的腮边，汩汩而下。半晌，才幽幽叹口气，说："唉，他要换作你，多好！"

都说知子莫如父，马定松父亲不问事，婚事全是爷爷操心。马盛祥早看出马定松有点不对头，三天两头往长干里跑。但他想两人年龄悬殊，身份迥异，不会惹出什么事来，何况薛慕莲还是马家恩人。后来亲事一推再推，马定松居然说出，要找就找薛姨那样的人，马盛祥这才警觉起来，以后便不让马定松往长干里跑。老爷子抓紧时间，说下马长兴鸭子店二姑娘这头亲事。

马定松是个孝子，虽说心里一百个不愿意，但不敢过分违拗爷爷。他知道，他今天之所以能在马祥兴立足，全是爷爷鼎力而为。老人家风烛残年，恐怕也没几天活的了，先按他意思，定下就定下，到时候再说吧。他听人说，马长兴的二姑娘秀英长得还是满周正的，一身皮肤雪白。就是有钱人家小姐，脾气大点儿，还喜欢玩玩麻将，这点和薛姨不能比——"呸，呸，不能一提亲事就扯薛姨，扯上薛姨，老爷子又要发火了。"

今儿个马定松要去马长兴相亲。说好了让叔叔马德铭代表父亲一道去的。可一来叔叔忙，店里离不开；二来马定松说现在什么年代了，学校里的男女学生都自由恋爱了，相亲还不自己去？于是拎了洋糖、桃酥等四色礼，两段红布，身着长袍，头戴礼帽，足蹬平口布鞋，一个人就悠沓悠沓上路了。

马长兴鸭子店在珠江路。马定松进了城，一路向北，才过三山街就走不动了。大马路上，一队队的大学生在游行，男女学生挥着小旗，举着标语，高呼打回老家去！手挽手向前走。内桥上，站着一排荷枪实弹的宪兵，枪刺在阳光下闪闪刺眼。几辆红色救火龙拦在街心，头戴钢盔的士兵举着水枪，面无表情地瞪着人群。游行队伍被迫停住了。领头的几个学生上前交涉，双方争执得很厉害，各不相让。突然，一个女学生托起宪兵的枪刺，爬上了救火龙，双手挥舞着，向队伍呼喊。马定松站得远，听不见她喊什么，就见队伍潮水般地往上冲。马定松隐约就觉得那女学生挺眼熟，便跟着队伍往前走。忽然，警笛大作，水龙开启，白花花的巨大水柱冲向人群，队伍呼啦倒下一片。就听有人喊，挽起手来，挽起手来！队伍重新聚集起来，刚才爬上救火龙的女生跳下车，手挽手站在第一排，顶着水柱顽强往上冲。这一刹那间，马定松看清了，她正是薛慕莲——

原来，"九·一八"事件爆发后，全国各地学生涌到南京政府请愿，南京的大学生当然勇当先锋。今天大学生游行集会，金陵女大也参加了，一些老校友来喊薛慕莲，问她去不去？她说："国难当头，怎能不去！"便和一帮校友一同加入了游行的队伍。原计划是去总统府，叫蒋委员长出来回答学生问题，但队伍才走到太平路，就被一群荷枪实弹的部队拦住了。学生冲了几次，没有冲过去。曾任蒋介石总司令部副官长、侍从室主任、现为中央军校教育长的张治中将军走了出来，大声疾呼，叫学生们回去上课，抗日的事，政府会有安排。

薛慕莲走在队伍最前面。她不认识张治中，看他前呼后拥的，一定是个大官。她举着小旗子，愤怒地冲到他面前，说："国难当头，你还叫我们回去读书？偌大的中国，你看哪里还能放下三尺平静的课桌？你们这些七尺男儿，人民养你们，国家需要你们保护，你们不上前线拼杀，却把枪口对准我们老百姓！"

薛慕莲越说越激动，一口唾过去，吐了张治中一个满脸花。警卫哗啦拉开枪栓，一排黑洞洞枪口顶向薛慕莲。对峙的双方顿时紧张起来，街上鸦雀无声，一触即发。

张治中脸上没有任何表情，甚至连吐沫都未揩，抬手缓缓压下身后端起的枪口，车转了身子，面对部队说："弟兄们，听我的口令：枪放下！手挽手，结成人墙！"

旁边一个同僚低声提醒他："当心啊文白（张治中字文白），政府已经有人说你是不抵抗将军了。"

张治中早在黄埔时期，就深得蒋介石的赏识。蒋介石怀疑张治中与周恩来等共产党的高层领导人感情深厚，曾有意地安排张治中率军去直接和红军打仗，可张治中却宁愿交出军权，去军校当教官也不和红军对垒。蒋介石又怀疑张治中亲共私通，安排戴笠搜集证据。可非但没有查到张治中的半点线索，反而得到了张治中手握重权，却从不以权谋私、拉帮结派、忠诚坦率的议论与评价。再看张治中的言行，忠君思想较重，这才放心地委以重任。所以这会儿同僚的提醒，他一点儿不在乎，激动地说："我的不抵抗，对象不同。我们军人对学生的武器，只有毛毯、开水、饼干！"

游行队伍里，轻轻响起掌声。先是一下，两下，三下……很快汇成一片掌声。薛慕莲也有些后悔，她不相信国民党高官中，也有这样深明大义之人。于是，她高呼："打倒日本帝国主义！"她惊讶地发现，这个国民党的高级将领，居然也举起拳头，和她一同高呼口号。

大街上，口号声响成一片，对峙就无法继续下去了。示威游行的组织者临时变换路线，绕过三山街，向新街口进发。

谁知今天街上出动的军警很多，内桥这儿的军警是蒋介石的铁杆部队，早得到上峰的命令，必要时予以镇压。薛慕莲刚才以为这里的部队和张治中那边一样，是同情学生的，所以先爬上救火龙做宣传。没想到军警说翻脸就翻脸，一声哨鸣，立即动手，高压水柱打得人站不住脚。游行队伍挽起胳膊，唱着歌，奋力向前冲。斜刺里突然冲出一支马队，马背上的军警挥舞着警棍，冲进队伍又劈又打。一片惨呼声里，马定松远远看见，薛慕莲倒下了，头上好像还殷红淌血了。几个男同学立刻架起她就跑，可军警似乎认准她是领头的，跟着她紧追不舍，头顶警棍飞舞，顷刻间她又被打倒在地……

马定松怒吼一声，手中礼物一扔，蹭蹭蹭几个箭步，扒开人群就挤到队伍前，在马蹄和棍棒下，架起薛慕莲就跑。一个警察策马追来，一勒缰绳，前蹄腾空，就踩将下来。如果马定松没有扶着薛慕莲，很容易闪身躲开，但现在薛慕莲伤很重，身体几乎全挂在马定松身上，闪不能闪，躲不能躲，情急间，马定松只好腾出右手，五指缩拢，聚成鹤嘴状，闪身钻进马腹，运气在马的软肋上使劲一戳。那马儿疼得唏律律一声长嘶，前蹄朝天乱刨，把马上的警察摔落马下。

马定松架起薛慕莲一阵狂奔，脱离了游行队伍，钻进旁边一条小巷里。马定松对这边很熟，出了这条小巷，就安全了。堪堪走到巷口，就听一声喝问："什么人？站住！"

路边闪出一支队伍。马定松心往下一沉，脑子里飞快闪过几个逃脱方案，可想想受伤的薛慕莲，又迅速被一一否决。正犹豫间，头戴大盖帽的士兵已经端枪围了上来。马定松额头上汗珠滚滚，攥紧了拳头，准备拼了。忽听一声熟悉的声音："是你们？"

从队伍后走出一身戎装的汪兆贵来。

浑身又是泥又是血的薛慕莲，脸色苍白，推开马定松的肩头，挺起胸，冷冷地说："怎么，你也是来抓我们的？"

"不是，是，不是……"汪兆贵语无伦次，伸手想扶薛慕莲，但被她冰冷的目光逼了回去，嗫嚅解释说："上峰来命令，乱党作乱，首都警力不够，临时调学员兵用一用，临时调我们搜捕乱党……"

薛慕莲眼睛里充满了失望，气极反笑，说："你看我们像乱党么？你看大街上倒在血泊中的青年，有几个是卖国的乱党？"

学员们看出这个受伤的女人和老师关系非同寻常，知趣地收起枪，背过身去。汪兆贵摘下大盖帽，用手帕擦着里帽圈里的汗，一时不知说什么好？马定松看他犹豫的神情，斑白的鬓角，突然觉得这个曾经叱咤风云的人物，实际上也蛮可怜的，便说："汪先生，是抓是放，你赶快说一声，马上后面就追来了！"

汪兆贵想都不想，挥挥手。

马定松不敢犹豫，架起薛慕莲就走。薛慕莲经此心灵打击，似乎比刚才受伤还重，胸脯急剧起伏，两条腿拖在地上，竟然一步也迈不开。汪兆贵低声对一个学员嘱咐几句，一会儿，他领了一个拖黄包车的来，让马定松扶她坐上车去。看她一身血，想想，又把自己身上军装脱下，盖在她身上。薛慕莲手抬了抬，想拒绝，但一刹那手有千钧重，似乎推不动那衣服——当熟悉的气味蒙在脸上，她的泪水夺眶而出……

马盛祥看孙子相亲不成，反而带回来一个造反作乱的薛慕莲，又惊又怕。一边找妥当人家收留薛慕莲，一边还找医生给她看病。安顿好薛慕莲，他自己也病倒了。老人家这次病势凶险，一睡就是半月。马定松守在床边，衣不解带。在没人的时候，马盛祥老泪纵横地说："大孙子啊，爷爷我求你了，我们是做生意的正经人家，不要想那些打打杀杀的事，政治上的事，我们搞不懂。你只答应我一件事，赶紧把马家二姑娘娶进门，安生过日子，否则我死也不会闭眼的。"

马定松哭着，点头应了。

老人家见孙子终于答应了，脸上露出一丝微笑，手伸进床后，窸窸窣窣掏出个油布包来，一层层打开——正是那本发黄的菜谱，明朝的老菜谱！老人家抖呵呵将菜谱交给马定松，说："可怜的娃啊，我就要走了，照顾不到你了。你伯也是废人一个，指望不着了。今后你要在马祥兴安身立命，一定要跟你二叔好好学手艺，跟所有比你强的师傅学手艺，能不能有出息，全指望它了！"

马定松跪着接过菜谱，泣不成声……

不久，这个亲手取下马祥兴店名的老人就去世了；也是不久，马祥兴现在的掌门人马德铭，领了一个养子，取名马定文。

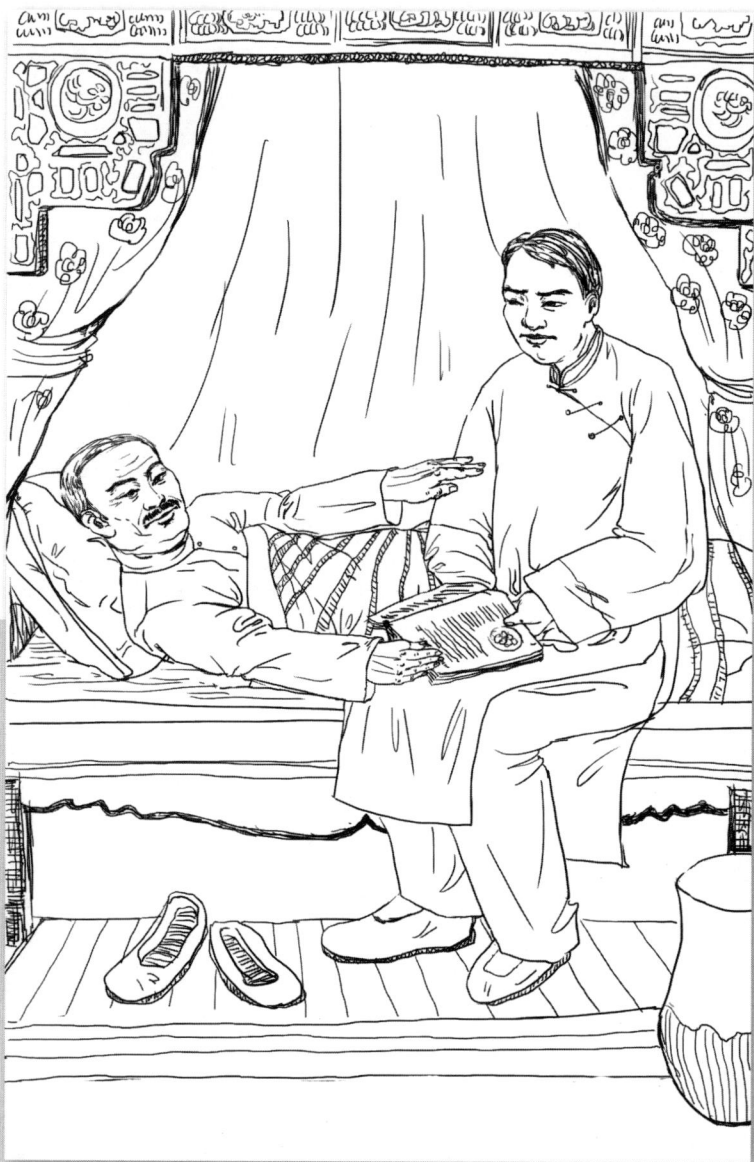

十一 | 急就章呼出美人 众智慧成就名菜

马德铭掌店多年，精研技艺，博采众长，又颇有经营头脑，把原来两扇不起眼门面的小店，搞得红红火火，现在俨然是南京城数一数二的名店了。生意红火，日进斗金，外人看他马家日子是过飞得了！可就一桩憾事，人过中年，仍然膝下无子。所以城南人背后都说，马家财旺人不旺。

马德铭为此事也十分苦恼。虽找了许多医生，黄精白药也吃下去不少，可就是泥牛入海无消息。妻很贤惠，也通情达理，私下里也曾暗示丈夫可以再娶个夫人，传续香火。但马德铭深爱自己妻子，不愿干那事儿。

马祥兴是家族式经营，店里师傅、伙计大多沾亲带故。比如前面说到的金宏义师傅，就是马德铭妻妹之子，用南京话说，就是马德铭小姨子的儿子。马德铭的妻子，姊妹间感情极好，妻妹因儿子在姐姐店里做活的关系，经常来店里走动。每回来，还带上金宏义的弟弟。金家二儿长得比老大还好，大眼睛，饱鼻梁，一身细皮嫩肉，一笑俩酒窝。小小年纪，就十分乖巧，马德铭每回把他抱怀里，亲个不够。小姨子就拿姐夫开心，说："哟，你这么喜欢他，干脆拿他作儿吧，继承你马家百万家私！"

马德铭每回听了，都是呵呵大笑，用胡子戳着娃儿的嫩脸，说："百万家私我是没的，假如能有你这样一个儿，我睡着了也笑醒过来！"

这些话，马德铭妻原来都以为是亲戚间说着玩玩的，可老爷子死后，听说有什么重要物件，临死前传给了马定松，马德铭在床上辗转反侧，一连几夜没睡好。忽一日，郑重地对妻说："你去和你妹妹说，我想过继她小二子，看她愿意不愿意？"

妻先吃一惊，继而一想就明白了，叹口气，说："那还用得着我去说么，她糠箩往米箩里跳，巴不得哩！"

于是，择了个好日子，金宏义的弟弟就过继给马德铭做了儿子，按班辈排名"定"字辈，叫马定文——姨侄作儿，成了马祥兴的少东家。

其实，马德铭还是蛮喜欢马定松的。这个侄儿，是马家长头孙子，又因大哥不成器，从小吃了许多苦，做叔叔的哪能不心疼呢？所以进店后，马德铭开始还是掌红锅的大厨，耐心教侄儿许多手艺。后来店里聘请的大厨多了，店大，事又多，马德铭才从厨上下来，集中精力经营店务；而后面厨房里的事情，大部分也是让马定松管理的，从没拿他当外人。马定松学艺很快，人也精明，加上老爷子的呵护，很快成为马德铭的得力帮手。可也就是因为他的精明和老爷子的特别关照，马德铭对他隐隐有些不放心。如今有了马定文，马祥兴祖业名分既定，没有了后顾之忧，马德铭就要甩开膀子，大干一番了。

首先，马德铭定下严格的"铺规"：店员和学徒必须从准备开门营业到闭店，不间断地紧张劳动。其余时间也要为东家义务劳动，并且不准在营业室过夜。早晨集体进柜台，晚上同时离开柜台；不论营业闲忙，都不准在柜台上阅报读书，也不准营业时会客。在生活方面有：不准随身携带钱款，有钱必须寄存账房；不准相互馈赠；不准外出游玩、看戏；不准吸烟、饮酒；严禁吸食鸦片、赌钱、嫖娼。在信仰方面：对掌柜、店员、学徒等虔诚穆斯林礼拜给予方便。学徒进店拜师、请客，所有花销，从店里账上开支；徒弟一进店，就有工钱可拿，因此能贴心护店，不和老板对立。另外，店里所有员工收入，直接和店里经营好坏以及员工的服务态度挂钩。所有员工没有固定工资，全靠小账收入分成，像马定松这样的大厨，一般分成是两成五，不像其他地方，挂名的经理、协理一大堆，个个分小账，员工干活就没劲。至于出门送席，顾客付多少车马费、木炭费由店里另赏，店老板不去分润。至于店里附设的酒柜，额外利润也由员工拆分。逢年过节，老板还设酒席招待员工，对生活困难的大厨们，另送"零花钱"。

其次在技术上，马德铭十分注意对员工的学习和培训，要求师傅们八仙过海，各逞其能。马祥兴虽说是传统老店，但因为食客越来越趋向高档休闲路线，传统的牛羊肉就不能作为主打菜肴了，否则客人嫌腥膻。前面说过，派马定松外出学艺，学的正是京苏大菜的做法，讲究新鲜、脆嫩、清淡、爽口。南京是民国首都，五湖四海，口味杂陈，老饭店就不能抱残守缺，故步自封。

由于有了规范的管理制度和学习氛围，马祥兴在南京的餐饮行业中，独树一帜，发展很快。马祥兴的师傅们，因为大多沾亲带故，老板待人又厚道，所以烹调技术一经定型，绝不外传。除了"胡先生豆腐"，大厨们还先后创下"美人肝""松鼠鱼""凤尾虾"和"蛋烧卖"四大名菜，一时口碑相传，享誉金陵！

说起这些菜，还都有一段故事。比如四大名菜的头牌"美人肝"，就是马定松信手拈来的急就章。且说那一日，曾经救过马定松性命的张简斋老医生，突然到店里摆席，说要请一位重要的客人。张简斋是杏林国手，在南京城颇有名气，于右任、邵力子等民国要人都和他有很深交情，也经常找他看病。这个张医生，名气虽大，却没丁点儿架子。据住城南的老人回忆，那时候，不论谁家娃儿出白瘊、发痧子，找他讨点药，他连钱都不收。张简斋虽于马家有恩，但他很少到店里打扰，就是请他，他也总以回民菜吃不惯为由推脱，十分自觉。不过这次他请的贵客，恰恰是个回民，没办法在外面吃，所以就到他们店里来摆席了。

请的是客人一家，店里自然按高档接待，订的是"八大八小"，八个冷盘，八个热炒，还有八道大菜……马定松打叠精神，亲自操刀掌锅，一道道菜流水般往上走时，坏了，突然备料没有了。原来，今天是周末，客人多，备料不足，但菜单已经上去，少一道菜怎么办？马定松颠着铁锅，在厨房里转啊转。突然，他看见废料桶里，漂浮着粉红的鸭胰子，他抓起用手捏了捏，撕去臊筋，对两个小学徒说："快，帮我择一盘出来！"小学徒不明白，"马师傅要这鸭胰子作甚？这些都是杀鸭子的下脚料，偶尔晚上店里员工自家吃饭，没的菜了，学徒会从盆里捞几个出来炒炒，又腥又老的，有什么吃头？"马定松说："不要问了，快择一盘出来，我有用。"

马定松抓了一把鸡脯肉做配搭，然后将择好的鸭胰子放热水中汆一下，去了腥味，再用鸡汁、味精、少许食盐和芡粉，将鸡脯和鸭胰子拌匀。最后将锅烧红，热锅冷油，鸭油往锅里一倒，立即将鸭胰子放锅中爆炒。大火腾地一下，翻了两翻，即起锅入盘。只见一盘鲜嫩的鸭胰子白里泛红，软颤颤端了上来，盘是翠绿，菜是淡红，衬以葱白等物，流光溢彩，晶莹剔透。食之，鲜而嫩，脆而爽，回味悠然不尽，客人吃得赞不绝口，大呼真乃人间美味，便问这道菜叫什么名字？马定松脱口而出："美人肝！"

马定松的小女儿马月惠后来告诉笔者，她爸爸曾经对她说过，美人肝这名字也不是随口叫出来的，实际上店里原来就有一道菜，叫美人鱼，就是用鱼鳔做的。那天客人问得急，他一时想不出来，便用这名字代了——没想到随随便便信口一个名，居然一叫叫了几十年，且叫得名震天下！

再说那"蛋烧卖"。在国民党高官中，号称"小诸葛"的

白崇禧，也是回民。说起来，白家祖上就是南京人。前面说过，元明时我国各民族大融合，朱元璋对回民十分重视，御林军中就有不少回民。又因推翻的是元朝，元朝将人分成四等：一等蒙古；二等是色目人，包括西夏人、回民等；第三等才是汉人，且指的是原金统治区的汉人、契丹人和女真人等；第四等是南人，指原南宋统治区的汉人和其他各族等。朱元璋对少数民族十分防范，故金陵建都早期，众多元朝色目降卒被征来参与拓建应天府城、营皇宫、造孝陵三大工程的建设。城市建设好了，又怕回民太多，聚一起造反，洪武九年（1376）始，将金陵旧民分遣云南（包括今贵州）、甘肃、青海等地，形成历史上的民族大迁徙。元代集庆路上的色目回族户，多被迁出。据《白崇禧世家》记载："上元县答失蛮人，辛酉进士著名词人伯笃鲁丁其孙伯龄于洪武十三年徙靖江府（桂林）易伯姓为白"。所以白崇禧说他祖上是南京人，并不为错。有了这层关系，白崇禧对南京自是别有一番感情，听说马祥兴菜好，又是回民开的，便经常来吃。

　　白崇禧有个小勤务兵，叫安品仙，白崇禧每次来吃饭，都是他打前站。这安品仙岁数不大，人却活络，每回来都要弄点小外快，用他的话说，也就意思意思。若"意思"塞得不到位，他就跟你不够意思了。好在白崇禧不晓得价格，一切随他报账，马德铭每次就在他菜上多添点儿钱，扒下来给他，反正羊毛出在羊身上。这安品仙鬼门道也多，隔三岔五的总要弄点儿事来烦烦马德铭，否则怕店里拿他不吃劲，怠慢了他。比如一会儿说包间朝向不对啊，一会儿说餐巾不太干净

急就章呼出美人　众智慧成就名菜

啦……每回都以白长官说的为由，其实白崇禧来了就直接进包间，他说没说店里根本不晓得，只能赔着笑脸请安长官多包涵，钱包自然要多塞那么一点点。那一天，安品仙又来了花头经，剔着牙花说："我们白长官讲了，你们家店里菜蛮好的，就是点心不合口味。"马德铭赶紧问："他喜欢什么点心啊，我们给他做。"安品仙说："我们白长官喜欢吃烧卖。"马德铭说："这容易，我们给他做，鸭油的，包他满意。"

安品仙斜了他一眼，阴死阳活地说："马老板你这是什么意思啊？噢，我们白长官跑到你这块来，那么多好菜大菜不吃，塞上一肚子小吃烧卖回家，你是糊弄扛包赶脚的啊，还是想蒙我们白长官的钱？"

"言重了，言重了！"马德铭赶紧拉住他手，偷偷塞了一个红包，说："你容我们好好想，好好想一个既不能吃太饱，又不耽搁白长官吃菜的烧卖来。"

晚上收了门，马德铭把几个厨师留下，愁眉苦脸这么一说，几个厨师面面相觑，说不出话来。马定松说："又要吃大菜，又要吃烧卖，鱼与熊掌，怎可兼得？"孙长有说："还不是那个小勤务兵中间使坏，不行多塞点儿钱给他就是了。"马德铭说："现在已经给他不少，每回加，也不是个事哎——金宏义，你说呢？"

金宏义正在低头沉思，听老板点将，慢声细气地说："我发现白长官爱吃虾，能不能在虾上面做做文章？让我试试看——"

说动就动，几个厨师当下走进厨房，金宏义敲了四只蛋，打匀了，做成蛋皮。再将虾仁淋少许鸭油、黄酒、味精和一个蛋清，放碗里拌匀，然后倒在蛋皮上，勾搭过来，用筷子一夹，像只小巧玲珑的烧卖了。再将一只只做好的蛋烧卖放入蒸笼，端气锅上蒸。上气后即端下，用鸡汁、菱粉、鸭油和味精调成卤，浇在上面，一笼色泽艳丽、小巧玲珑的蛋烧卖就出笼了！下次白崇禧过来，果然吃得高兴，连喊打赏。小勤务兵安品仙觉得很有面子，喜笑颜开地走出来，将赏钱全部交给厨下，居然一文没扣，这在他的索贿史上，也叫破天荒了！

马祥兴的四大名菜，都是厨师们长期积累，突发灵感，量材而制，最后集体完善创出来的品牌。比如现在已经风靡全国的"凤尾虾"，也是马祥兴始创。该菜选用鲜活大河虾，以大青虾为最。有一次，小学徒在挤虾仁时，没有挤干净，留了尾部半截虾壳儿没挤下来，放油锅里一走，结果壳红肉白，十分好看。厨师本来是要骂那学徒的，此刻灵机一动，干脆命学徒将青虾每只都去头壳、身壳，留尾壳，逐个挤好，入盆放清水用竹筷搅拌去红筋；见虾仁发白，沥干水，上浆，配料以青豆、冬菇丁、笋丁、葱白，然后用鸭油爆炒，端上桌。只见其肉白尾红，如艳丽的凤凰尾巴，令人赏心悦目，遂将此菜取名"凤尾虾"。

说起"松鼠鱼"，也有一段故事。那年马定松的师傅达一刀成亲，女家也穷，原来就想酒席马马虎虎办了算了。但这事给马定松知道了，说："你我好歹师徒一场，我如今也叫安身立命了，几桌酒席还请不起？快不要再说，不要再说了，就到我们店里来，一切不要你烦心！”

办酒席那天，门前人来客往。达一刀的客人，自然有些穷兄弟，从来还没下过大馆子，更认不清马祥兴在哪里？有人误打误撞，就问到对过五洋大酒楼去了。五洋现在破败不堪，已非昔日旧观了，但孙大卵泡虎死威在，依然撑在柜台后，每日里看对过车水马龙，愤愤不平。见有人问上门，便做反面宣传，到那个店去作甚？不就一个回民馆子么！在我家店里吃，我店里什么大菜都有，还可以现点现炒，活杀活卖。

客人熙熙攘攘落座后，就有人学刚才对过拉客的言语，说乖乖龙里冬，对过那家店能活杀活卖哩！

言者无意，听者有心，马定松就想做一道“活菜”震震对过。金宏义看他双眉紧锁，问他想甚事？他就说了。金宏义哈哈一笑：“这还不容易，你忘记京苏大菜里头，有一道‘松鼠鳜鱼’啦？”金宏义一言提醒梦中人，马定松立即选了几条一斤半左右的鳜鱼，从鱼头腮巴下刀（此刀法称“猛虎下山”），将龙骨和肚皮刺骨都去掉，鱼肉改刀成斜方块。刀刀要切到皮，但鱼皮又一点不能破，需要极好的刀功。切好后，以少量的黄酒、盐水拌芡，将粉液裹住鱼身，放在八成火的油锅里炸，见黄即起锅。这样的鱼，外焦里嫩，首尾翘起，形状很像一条松鼠。再把锅烧热，用一两六钱醋、一两六钱糖，勾成芡。端上桌一浇，只听鱼吱吱作响，颇像松鼠鸣叫。客人大呼小叫，气氛热烈，都说，乖乖龙里冬，这不就是活脱脱一条小松鼠爬上桌了么！

至此，马祥兴的四大名菜，全部出炉。

十二　逞凶残兽兵肆虐　赴国难壮士捐躯

　　1937 年 7 月 7 日卢沟桥事变，中国抗日战争全面爆发。刚刚在西安事变脱身的蒋介石，迫于全国人民的压力，7 月 17 日在庐山发表了演说："如果战端一开，只有牺牲到底。那就地无分南北，人无分老幼，无论何人皆有守土抗战之责任，皆应抱定牺牲一切之决心。"

　　正是盛夏时节，火炉南京骄阳似火，中山路两旁新栽的法国梧桐还没长大，知了渴得声音嘶哑，柏油马路被晒得发软，脚踩上去，软绵绵的，提不起精神。

　　大热天，店里生意不大好，马德铭拖了张竹躺椅，睡在马祥兴门口，这里过道上还有点儿穿堂风，想眯上眼，睡一会儿午觉。马德铭现在发福了，双层下巴全是赘肉，如果坐起来，大肚皮上面能搁一只茶杯。往躺椅上一倒，只见肚皮不见头，顷刻间鼾声如雷。

　　一阵急促的脚步声，惊醒了他的美梦。只见一个一身笔挺国民革命军军装、皮靴擦得锃亮、头戴大盖帽的军官站在他面前。马德铭哦哟一声，说："这不是汪先生么，怎么天热乎乎的，这身打扮？"

"我要随队伍开拔了。"汪兆贵简单地答道，又说："马定松在不在？我找他有事！"

"在，在！"马德铭爬起身来，一迭声叫伙计去喊。马定松在后院秦淮河边纳凉呢，听唤刚站起身，汪兆贵已经来到身边。看他这一身，马定松也有些吃惊，没容开口，汪兆贵举手截住他的话头，说："帮个忙，替我把慕莲喊来！"

自从上次游行出事，薛慕莲已经不住长干里了，在钓鱼台租了间屋，所以汪兆贵找不到她，只好来马祥兴请马定松帮忙。马定松看他很急，不敢怠慢，急忙出门去找。找了一大圈，才将薛姨找来。马德铭早在店里，安排一个包间，让他们二人见面。

汪兆贵见了薛慕莲的面，显得很激动，上前一把抓住她手，说："你怎么才来？我以为见不到你了呢！"

薛慕莲抽回手，轻轻擦去额头汗，说："我有什么好见的，你是办大事的人，见我小女子作甚？"

汪兆贵看她冷淡，像泼了盆凉水，喃喃地说："我以为，以为……突然一甩头，说，算了，不说了。慕莲，我是来跟你告别的。"

薛慕莲一惊，说："告别？你要去哪儿？"

汪兆贵刹那间又恢复英武男儿气，朗朗说："淞沪大战在即，我去前线打仗！"

"等等！"薛慕莲拦住他，说："你一介书生，到前线干什么？"

原来，汪兆贵早年追随汪精卫，参加革命。实际上，他不是汪精卫圈子里的人，讲是远房亲戚，实际上八竿子打不着，只是一个崇拜者或老乡罢了。加上汪精卫自孙中山逝世后，与蒋介石斗得不可开交，一会儿下野，一会儿辞职，动不动就跑到国外避风，所以并无实权，更谈不上安插这位小老乡了。好在汪兆贵自己在国民政府里认识要人不少，加上他参加革命，也不是为了谋求一官半职，所以他至今仍是一名教书先生，虽然这所学校是军校，他自己也是有军阶的。前些年，汪兆贵十分颓唐，一是看不惯国民党内部的钩心斗角，二是他发现，当年叱咤风云的青年楷模汪精卫，常干出一些叫他难以理喻的事情，特别是"九·一八"后，他一会儿主战："绝非威武所能屈，绝不以尺土寸地授人"，1932 年 2 月 1 日，主持召开了最高军事会议，决定把全国划分为四个防区和一个预备区，摆出了进行积极抵抗的姿态，还代表国民党中央慰勉上海十九路军将士"忠义之气，照耀天日"，犒劳十九路军 5 万元；一会儿又主和：与蒋介石共同批准了卖国的《塘沽协定》，还解释说："以现在中国的国力，无论进行怎样的抵抗，都没有取得胜利的可能，这是我们最初就明白。既然没有取胜的希望，我们为什么还要抵抗呢？"这些投降的言论激起国人愤怒，终于发生志士孙凤鸣刺汪事件。

"刺汪事件一度使我消沉，"汪兆贵对薛慕莲说，"特别是那次游行与你邂逅，我甚至产生遁入空门的念头。我觉得

对不起你，对不起你对我的一片痴情；我更觉得对不起自己，一个大好男儿，怎么能浑浑噩噩，于国无用，于家无望，成一行尸走肉呢？！现在好了，抗战爆发了，汪主席还是抗日的。昨天，我还听到一个消息，蒋驴子的孙子蒋国粹也在上海投笔从戎，参加陆军辎重汽车一团，结果在前线牺牲了。[①] 想我一个中华大好男儿，还是军校老师，居然不如一个学生。所以我今天特地来告诉你，我有一个学生，现在已经当了旅长，今晚就率军奔赴淞沪前线。学校正放暑假，我左右无事，央他带我前去，哪怕杀他一兵一卒，我此生亦是无憾！"

薛慕莲早听得泪流满面。她知道汪兆贵这一去，很可能天涯永隔，再也回不来了。自己这一生，这一生啊……薛慕莲擦去泪水，平静地说："汪兄，你去吧——你死我也不独活！"

汪兆贵一把抓住她胳膊，摇着说："你怎么这么糊涂！我去又不是送死，我是去杀敌！说不定哪天凯旋，你要站在南京城头上等我！另外，我还有一事相托，我很长时间未见汪主席了，他经常会来马祥兴吃饭，听说他对那美人肝有独特好感。我这儿有封信，希望你交给他。"

---

① 杨松涛先生所著《金陵往事撷谈》里有这么一段文字：1934年7月，已移住上海据称是蒋驴子的后人们打起一场官司。原来蒋的孙子蒋云阶与妻只生一女，与小妾生有子女。蒋云阶和妻去世后，小妾霸占了蒋的全部财产，妻之女遂告上法庭。上海《申报》以"蒋骡子后裔争产涉讼"为题报道。时寓沪上作家蔡云万认为，蒋骡子即蒋驴子，有研究者认为，蒋骡子就是金陵蒋氏家族的第四代蒋翰臣，所依据的是发表在1993年三期《回族研究》杂志上郑勉之的文章《近代富甲江南的回民家族——金陵蒋氏》。而我在《南京回族·伊斯兰教史稿》上看到：南京回族巨商蒋翰臣之孙蒋国粹（1907—1937）于民国26年"八·一三"淞沪战役前，在上海投笔从戎，参加陆军辎重兵汽车一团任见习排长，往前线送弹药途中遇日机轰炸牺牲。

薛慕莲接过信封，是个很大的封套，里面软绵绵的，不似一般的信纸。抽开一看，是一块白布，上面血书八个大字："还我河山砥柱中流"，落款是："学生汪兆贵"。

薛慕莲失声痛哭，扑在汪兆贵怀里……

那晚两人缠绵许久。天黑透了，要上门打烊了，汪兆贵和薛慕莲才依依不舍地告辞出来，两人眼睛都是红红的。

在南京人的心目中，对日抗战不是始于"七七卢沟桥事变"，也不是遥远的"九一八"，而是近在咫尺的"八一三"淞沪抗战。8月15日，日本飞机就开始飞临南京上空，扔下炸弹，以后几乎隔一天来一次，警报频响，炸弹轰鸣，平民百姓，死伤无数。城南八步塘凭空炸出一个大水坑，里面飘满死尸。

有钱人都纷纷出逃，中华门火车站天天挤满了人。雨花台因是南京城战略要地，每天动员了大量的人来挖防空洞，构筑工事。工地上，时常能看见薛慕莲活跃的身影。马祥兴每天烧水，给工地上送去，有时中午还免费送些快餐。南京市民同仇敌忾，有钱的出钱，有力的出力，争取抗住日本鬼子，保卫家园。

可形势一天比一天糟，终于到了11月，国民政府开始西迁，南京城眼看就保不住了，马德铭也动了跑反的心思。

其实，兵荒马乱的，此前饭店就没了生意。头上天天丢炸弹，地面上日军突破东面防线，越来越逼近南京，人心惶惶，一夕数惊，人们哪还有心思吃酒席？店里的员工，已经遣散不少，住附近的，也不敢来上班了——实际上，因为员工的收入，都和有没有顾客、有多少顾客，有很大关系，所以店里生意清淡，收入也低，为这事，马德铭叫已经接手管账的马定文，从账上支了许多钱，补贴员工，再这样撑下去，也不行了。于是，马德铭决定，三十六计，走为上！

真正要走，还真舍不得。看着在自己手上一天天发展起来的店面，马上就要丢下，回来还不晓得是什么模样？马德铭就泪水下来了。马定文说："伯呀，留得青山在，不愁没柴烧，只要我们马家人好好的，以后回来还能东山再起啊！"

此时马定松已经生有二女，妻马秀英又怀上了，挺个大肚子，想想这个也舍不得丢，想想那个也舍不得扔。马定松说："你大包小包的，是跑反啊，还是走亲戚？你什么都不要拿，把自己照顾好，跟上趟就行！"

1937年的冬天，南京天气出奇的冷。清大巴早的，地上结着冰霜，张口一哈一道白气，马祥兴的边门，悄悄打开了。乘日本飞机没来，马家清早出门逃难了。锁门的时候，马德铭似乎听到对过有动静，就对马定松说："你去看看，叫孙老板和我们一道走吧，虽然斗了这么多年，好歹也是邻居一场。"

马定松过去拍门。门咿呀一声开了，孙大卵泡穿着整齐，早在门内候着——原来他也没睡。马定松把马德铭的意思说了，他拱着个腰，摇摇头说："我岁数大了，兵荒马乱的，往哪里跑？我不能走，我要守着我的店，我的家业！"

马定松回来一说，马德铭叹口气，向对过拱拱手，就领一家人上路了。孙大卵泡目送着一家走出老远，也拱拱手，老眼里滚出两颗浑浊的泪……三天后，一支疲乏的部队，从

上海方向退回南京。因中山门激战正酣，队伍绕道雨花台，
奉命守卫中华门。队伍经过米行大街，停了一停，一个中年
军官走到马祥兴门口，看门上挂着大铁锁，怅然若失。他就
是汪兆贵，队伍从淞沪战场败下，火车都停了，给养也没有，
硬是步行了300多公里，一路上就吃些农家搞来的生米，喝
塘里的生水，很多战士边走边拉肚子，还要不时投入战斗。
一路冲杀，好不容易才撑到中华门下。原想请马祥兴老板烧
点热乎的，休整一下队伍，顺便打听一下薛慕莲的下落，没
承想人去楼空，只好随部队匆匆上了中华门。

　　第二天，日军就掩杀过来。一边在雨花台进攻，一边沿
途洗劫。领路的，正是马仁信。原来这家伙转了一圈，并没
有离开南京，投靠门西青帮大头目缪凤池，做了他的师爷。
这缪凤池早当了日军间谍，南京城里许多次空袭，都是他率
一帮喽啰发射信号弹，给日机指示的目标。马仁信会几句日语，
更受他器重，这次干脆迎日军进城，叫他带路做翻译。

　　马仁信是个睚眦必报的小人，对马祥兴充满仇恨，此番
借日本人势，有一种扬眉吐气的感觉。他率队扑向中华门时，
特地从米行大街弯了一弯。看马祥兴铁将军把门，二话不说，
用枪托砸开，闯了进去，乒乒乓乓一通滥砸。走到厨房，看
那口大铁锅还在，不由恨从心底起，恶向胆边生，举起一块
大石头，扑通将那口大锅砸了。

　　这小队日本兵是听说这家是个百年老店，才跟进来，想
发点财的，见没抢到什么值钱的东西，肚里又饥又饿，问有
什么米西米西？马仁信眼珠活络络一转，说："有，有，对过

有一家更大的店。"

日本兵哈哈大笑，出门时，一把火，马祥兴顿时化为灰烬……

马仁信带兵砸开五洋大酒楼，让马仁信大吃一惊的是，孙大卵泡并没有走，端端正正坐在大堂正中。马仁信喜出望外，狞笑着说："孙大老板好啊，没想到我们还会在这里见面吧？"

"我是没想到"，孙老板说："我以为我会面对一群狼，没想到还看见一条狗！"

马仁信脸一红，厉声说："少废话，快给皇军烧饭烧菜，慢一步当心扒了你的皮！"

孙老板呸的一声，一口老痰吐过去，正吐在他脸上。日军小队长抢起战刀就要劈，马仁信一眼看见几个日军正在好奇地看那铁笼子，便伸手拦住小队长，用日语低低说了几句。日军小队长狞笑着，叫人升起火，把孙老板塞了进去，直接放火上烤。孙老板在铁笼里翻滚着，惨叫着，撕心裂肺地喊："马仁信我日你家祖宗八代，日你日本小鬼子的祖宗八代啊——"

中华门城堡上，血战正酣。中国军人打退一次又一次日军的进攻。日军大炮已经狂轰了三天，正门上多是青条石，炮弹上去只能崩一个小小的印痕，于是改轰正门偏西处。终于轰开近百米的一个缺口，守城官兵随城墙坍塌坠落，日军一拥而上。守城的88师官兵奋勇反击，缺口处血肉横飞，死尸累累。最可恶的是日军的坦克，躲在铁乌龟里打炮，子弹打上去一点反应都没有，弟兄们在它的火舌下，割稻子似的，一片片倒下。

汪兆贵浑身多处带伤，一只胳膊也打断了。他其实不是部队正式编制，昨晚他的学生旅长命令士兵把他背下去。他死活不肯，说要与弟兄们战斗在一起。这会儿，看自己的学生也牺牲了，弟兄们一个个也快拼光了，他身上绑满了手榴弹，正了正军帽，挣扎着站起来。正是中午时分，看头顶一轮太阳，在硝烟中模模糊糊，红艳艳的似乎在滴血。望望城下蜂拥而上的日军，又看看远处的雨花台，耳边响起对薛慕莲说的那句话，你在南京城头上等我凯旋——一咬牙，抱起一包炸药，点燃导火索，纵身向城下坦克跃去……

十三　保老卤狭路遇险
再创业汉奸授首

马德铭领一家跑反和州（今安徽和县），一路上自然是吃尽千辛万苦。马定松的父亲马德钧，原来身体就不好，浑身青肿，再加上途中颠沛流离，没多久就去世了。马定松大哭一场，也不敢送回南京和爷爷归葬一处，听说南京杀人如麻，只得将父亲在途中草草掩埋。

这一日，走到一处叫兰花塘（现在浦口区）的乡间，两山对峙，小路蜿蜒，路边忽然跳出一群土匪，身上穿的兵不像兵，民不像民，抓个钢枪戳着马德铭的头，说这个胖子，肯定是大老板，身上油水多，钱交出来！

十几个土匪，马德铭看寡不敌众，只好乖乖地让他们翻包袱，搜身。可怜一点细软，都被搜刮了去。土匪走后，马德铭号啕大哭，说一辈子积蓄全完了。金宏义、马定松在地上拾掇东西，马定文一眼看见马定松腰里，还鼓鼓揣揣掖着个小坛子，说那是什么东西？马定松告诉他，是店里腌鸭子的老卤。

说起老卤，过去可是店家命根子。比如腌鸭子，是一只只杀净的鸭子，码上盐，摞起来放缸里，时间长了，自然有鸭子腌的渗出液留在缸里。日积月累，这渗出液越积越多，鸭子再往里腌时，卤汁就能淹过缸面，鸭子全沉在老卤里了。鸭子口味的好坏，和这家店里的老卤很有关系。当然，老卤时间长了，也要隔一段时间处理一下，撇去上面的浮沫，筛去下面的沉渣，将老卤煮沸，冷却后再用。所以很多老店，儿女分家时，不是分财产，而是分老卤。马定松出来时，怕老卤留在店里有闪失，特地带了坛老卤出来。刚才一个土匪搜到腰间，他打开让那土匪尝了一指头，才放过他。

马德铭揩去眼角的老泪，长长叹口气，说："定文哪，你学学定松，他可是个有心人。你还记得我过去跟你说过孙大卵泡偷我们马家老卤的事吗？你不要看他开着家大饭店，可他自己不下厨，是个草包！他叫一帮混混子到我们家来弄牛肉老卤，以为拿回去，兑起来自己烧烧就和我们家一样的了。其实他错了，烧的红汤，是我们自己加佐料烧出来的，主要是靠着佐料和火候，那不是老卤，所以他偷回去没用！你岁数小，要多跟定松和师傅们学学，马祥兴以后能不能起来，就着落在你的身上了！"

一大家子，凄凄惶惶坐在路边，愁眉不展，不晓得下面往哪儿去。正无理会处，刚才抢过他们的土匪，有两个居然去而复返，老远就听他们嘴里唧唧咕咕，说什么你真呆，坛子里肯定有硬货，哪个跑反还掖一坛咸水在腰间？你是被他蒙住了！

马定松一看不好，两个人当中，有一个就是刚才搜他身的那个家伙。一定是他回去说嘴，别人以为他坛子里肯定藏有宝货，就又回来寻外快了。说话间，两人已到面前，一土匪指着马定松说："喂，你站过来，把你坛子里水倒了，让我瞧瞧里面还有什么东西？"

马定松一看他们只有两个人，胆子稍壮，忽地站起来，说："你们搜也搜了，抢也抢了，还待怎的！"

两个土匪一看他狠起来，一帮人全围了上来。其中一匪啪的朝天打了一枪，冒烟的枪口指着马定松脑袋说："哟呵，小狗日的想造反呐，上来试试，看你头硬还是我枪子硬！"

一枪震慑了众人。马德铭挤上前，挡在马定松前面，打躬作揖说："老总哪，你们不是搜过了么，那就是一坛盐卤，拿回去一点儿用都没的……"

"废话！"土匪用枪拨开马德铭，指着马定松说，"没的用还那么宝贝的藏腰里作甚？给我绑树上，坛子砸开了老子瞧瞧！"

面对黑洞洞枪口，马定松眼里喷着怒火，却一动不敢动。老婆哭，孩子叫，他两手捏出汗来，也不敢反抗，听任另一个土匪用绳子套住他头，往树上拽。忽然，树上嗖地跳下个人来，手挥大刀片，没理会抓绳的土匪，直取站在一旁用枪指着他们的土匪。那土匪一看不好，伸手就要搂火，大刀片早顺着枪身削过去，一声惨叫，土匪的五个手指就削了下来，枪落在地上，砰的一声闷响，刚来及射出的子弹，钻进土里。

正要绑马定松的土匪回过神来，丢下绳头，正要从肩上取枪，那树上跳下的壮士横过刀片，返身一挥，啪的一声清脆，用刀背抽了土匪一个嘴巴。土匪一个趔趄，像陀螺似的原地打了个转，枪落在地上。马定松眼疾手快，弯腰抄起，这才看清，那壮士不是别人，正是他师傅达一刀！

原来，日寇屠城，达一刀也跑了出来，在六合参加了新四军五支队。他们的司令员，就是大名鼎鼎的抗日英雄罗炳辉将军，他所在的小队，队长就是原来和他们一齐干活的阿訇李叔度。这支队伍里全是回民，所以后人又称他们"回民支队"。他们个个英勇杀敌，后来立下许多可歌可泣的战功。今天队长派他到这边执行侦察任务，听林中有枪声，悄悄掩过来，正巧救下马家人。

达一刀当下将两个土匪捆作粽子一般，牵在手上就走。马祥兴的两个小伙计，也跟着要去杀敌。达一刀征求了马德铭的意见，带上他俩，两人高兴地一人背了一根刚缴获的钢枪，跟上达一刀，雄赳赳出发。马定松本来也想跟师傅一道走，可看看累赘的妻子儿女，再看看叔叔一大家子，有些犹豫。达一刀说："你家口多，不方便，还是安顿好老小再说吧——记住，有事带个口信，我们后会有期！"

达一刀走了。

此地自然不能久留，马家继续跑反。今天这里乡间躲一下，明天那里乡间躲一下，因为手头没钱，出来跟着的许多伙计，都陆续走光了。有的去了苏北，有的留在乡间种地，不愿再跑。马德铭眼看坐吃山空，身边人越来越少，不由忧心忡忡。马定文说："伯啊，再这样下去，我们不跑死，饿也饿死了！"

金宏义说："昨天我听一个南京来的老乡说，城里现在也安定了，日本人还四下张贴安民告示，叫街上店铺都开张，你看我们这样不死不活地躲在外面，也不是长久之计，还是回城想想办法吧。"

马定松也说："对，还是回城，与其在乡下饿死，不如进城讨个生活，大不了被日本人一刀杀死——左右是死！"

马德铭点了点头，说："我也想了好些日子了，不管什么人坐朝廷，饭总不能不吃。我们是一帮混穷的厨子，当年爷爷能一个挑子闯南京，白手起家，今儿个我们这么多人，不会比爷爷当时还难吧——走，是福是祸躲不过，我们回南京！"

1939 年，马德铭领着一大家子人，重新回到南京。昔日辉煌的马祥兴，早被烧得片瓦不存。马德铭凑了些钱，还按旧日模样，先临街盖了两间矮房。然后在旧宅基地上，盖了一大片芦席棚，既充后厨，也安排一些台桌，临时就餐。厨师也陆续回来，包括在苏北的伙计，混不下去了，重新回来，店里也照收不误。好在那个时候做生意，不要多少本钱，早上在水陆码头上进货，不付现款，晚上才和各行货主结账。加上马祥兴是老字号，信誉好，有时周转不动，货主也乐意多赊几天，图个长久生意；虽然没有了于右任的对联，也没有了那口明朝大铁镏的招牌，但马祥兴三个字早就家喻户晓，食客进门一看，厨师也全是老面孔，就一传十，十传百，生意很快就火起来。就这样，不到一年工夫，马祥兴重又门庭若市，店面也渐复旧观。

马祥兴重新开业，惹恼了一个旧人，他就是马仁信。虽然当了日本翻译官，人模狗样的，日子却并未发达。日本人拿他权当一条狗用，呼之即来，挥之即去，不要说光宗耀祖了，就是想发点小财也难。

马祥兴回旧址重建他知道。开始，他还没脸上门，因为这店虽说是日本人烧的，但是他领着去的，而且那口明朝大锅，就毁在他手里。看着马家人，在破砖碎瓦中扒拉，他心头掠过一丝报复的快感。可没想到，这马家人也真能吃苦，一片废墟上，居然白手起家，重新又将店面盘了起来。看着它一天天重新红火，马仁信的心，也像被火烤一样，疼得揪了起来——不行，不能让他们东山再起，起码不能让老子一番心机白费，非要叫他出出血不可！

这一天，正是礼拜天，店堂里生意很好，人来客往的，首席跑堂马国钦舞着条白毛巾，忙得脚不沾地。忽然，马仁信领着两个中华门站岗的日本兵，走进大堂。马国钦认识马仁信，一看他进门，就晓得夜猫子进宅——没的好事，赔着十二分的小心，伺候着他们。马仁信捋捋袖子，点了盘美人肝、五彩牛肉丝、手撕熏鱼和盐水鸭，就一迭声催上酒，上好酒！他报一个菜名，马国钦就对后堂喊一声，一直赔着笑脸不敢离开。马仁信斜着眼，说："你像根烧火棍似地竖在我们旁边不走，是怕我们吃了不给钱哪，还是怕皇军跑啊？"

马国钦赶忙哈腰说："您这是哪儿话，我是怕你们有什么茶啊水的，伺候不过来。你老要嫌我碍眼，我这就走，就走！"

马国钦到厨房，一再关照菜要做好点，分量要足，盘子擦净，千万别给他找岔子。菜像流水般端出去，马国钦看他们大吃二喝，吃得很开心，一颗悬着的心，也就渐渐落下肚膛。眼看要吃完了，准备出去结账了，忽听桌子震天价一响，马仁信扯着脖子喊："快过来瞧瞧，这是什么？"

马国钦心里咕咚一下，晓得坏事了，踩着碎步，一路小跑过去，说："怎么了爷，怎么了？"

"怎么了？"马仁信一扛脖子，青筋直暴，嚷道，"你睁开狗眼瞧瞧，盘子里是你爷爷还是你爹！"

马国钦低头一看，坏了，吃剩的盘底，有两只苍蝇在汤里扑腾。看那苍蝇翅膀干干的，绝不是炒菜落下去的。如果炒菜时落下的苍蝇，肯定烫得死翘翘了，不会这么欢实；也不会是店里苍蝇飞进去的，因为盘底那点汤，并不油腻，粘不住苍蝇腿，更不可能一下粘住两只——这事就是秃子头上的虱子，明摆着是马仁信在外面扑了两只苍蝇下在盘子里，讹诈来了。

马国钦堆起笑脸，端起盘子，连声陪着不是，说："你们这顿菜钱全免了，全免了！"

马仁信甩手一个耳光，打在马国钦脸上，盘子落在地上啪的碎了。马仁信还骂骂咧咧地说："你他妈拿爷当什么人？爷腰里有的是钱，要吃你这白食？喊你们老板来，今天他要不把这苍蝇吃下去，就从我裤裆爬过去！"

店堂响动，早惊动后面厨房。马定松从马仁信一进门，就气呼呼的，想找他算账，被马国钦一再拦住。这会儿一拍灶台，抓了把锅铲出来，指着马仁信说："你狗日的仗哪个的势，狂什么狂？当年你谋害我的老账还没跟你算呢，你又来我们店翘尾巴拉屎啦！"

马仁信一看马定松怒气冲冲过来，吓得一屁股坐在凳子上。两个日本宪兵听不懂他们说什么，但看这年轻人用锅铲指着马仁信，知道不是好话，一声"八嘎"，手按刀柄站了起来。

店堂里空气，顿时显得十分紧张。马国钦只好向马仁信赔不是，劝他向日本人美言几句："苍蝇的事，好商量，好商量。"

马仁信一看对方跌软，又抖擞起来，叽里咕噜和日本人说了几句。日本兵摘下刀，坐下继续用餐。马仁信把刀往桌面上一拍，狐假虎威地指着马定松说："今儿个要不是我在中间打圆场，皇军能当场要了你小命！知道这东洋刀的厉害么，砍起脑袋来像切西瓜似的，你脖子硬还是他刀硬？还不过来给皇军赔不是！"

马国钦嘴里说着好话，用胳膊肘使劲捣马定松，示意叫他跌跌软。马定松没奈何，弯弯腰，说声对不起，双手从桌上捧起刀，分别恭恭敬敬递上。一日本兵看他恭敬神态，还想吓唬吓唬他，一抽刀，咦？抽不出来；另一个日本兵见状，赶紧也抽自己的刀，也抽不出来——原来马定松递刀时，潜运内力，捏扁了刀鞘。两个鬼子觉得古怪，脸涨得通红，也没拔出刀来，晓得遇到了高手。日本人还是崇尚武士的，两人对视一眼，站起来把桌子一掀，看盘盏滴溜溜摔了一地，这才哈哈大笑，扬长而去。

不明所以的马仁信一看后台走了，也赶紧脚底抹油开溜，走门口还回头丢下一句狠话："你们给我等着，这事不能就这样算完。我马上带皇军到医院检查去，要是吃了你们不干不净的东西生了病，我明儿个就带人来封你门！"

马仁信走后，马德铭十分担心，急得脸色煞白。店里刚刚有些转机，没想到马仁信这凶神恶煞就领了鬼子来。鬼子的暴行有目共睹，万人坑里，至今还累累白骨，天一热还弥漫着尸臭哩！

估摸着马仁信此去绝不会善罢甘休，马德铭紧急召开家族会议，决定他带着马定文先躲一躲。马定松也要躲，马德铭强调说，因为马定松和马仁信有仇，两人一见面就红眼，事情更没的法子转弯。

马定松张张嘴，想说话。马德铭打断他说："你不要逞强斗狠了，你刚才那手我看见了，不要以为你会一些武功就可以玩得转了。南京城里比你武功好的人歹着哩，日本人打进来他们又有什么作为了？还不是杀得血流成河！你今天是没惹急他们，惹急了，你想跑也跑不掉，我们一大家子都跑不掉！"

马定松晓得叔叔是担心他惹事，也是为他好，就不再吱声。马德铭咳嗽一声，继续说："转弯的法子，我也想好了。马国钦和金宏义留下来，请青帮老头子出来调停。因为马仁信是青帮的，老头子出来，他不能不卖面子。"

马德铭一家，当天就躲到花神庙去了。半路上，马定松说他先到另一个地方去办点儿事，连夜过江去了江北，两天后才回来。

马国钦和金宏义设席，请青帮头目出面，调停马仁信。

马仁信看马家赔礼，愈发猖狂，只说这是日本人的意思，跟他不相干。金宏义塞了一个大红包后，他口气略有缓和，说："这么着吧，这点钱我也不能拿，拿上要孝敬日本人，怕还不够塞牙缝的。看在老头子的面子上，我干脆好人做到底，索性下面也不跟你要钱了，反过来还到你店里帮忙。"

金宏义听不懂，问帮忙什么意思？马仁信嘿嘿一笑，说："就是入股你们店哎！老头子忙说，这样好，这样好，一笔写不出两个马字，你们以后就是一家人了，来来来，干杯！"

好个屁！马德铭听到这个消息，差点儿气得鼻子不来风，说，他马仁信一文钱没有，干股入伙我们店，这不是想明抢暗夺我们的店吗？！

他叫马国钦和金宏义再去谈，哪怕钱再多给点，股也不能给他。马定松在一边笑笑说："恐怕他不会答应吧！"

马德铭看侄子笑眯眯的，就来气，说："你就晓得打打杀杀，那你说还有什么更好办法？"

马定松说："这事先敷衍谈着，拖两天再说，不急，不急。"

马德铭满腹狐疑地看着他，不晓得他葫芦里卖什么药？

过了两天，果然没见马仁信上门来催。再一打听，原来他被人暗杀在雨花台的乱葬岗上，也就是当年马定松险丧小命的地方。马德铭松了口气，这才举家迁回店中。路上，他偷偷问马定松，是不是你叫达一刀干的？听说他脖子上插了一把小刀，很像达一刀宰牛的手法。

马定松笑而不答，只说声，善有善报，恶有恶报；不是不报，时候未到！

十四 | 当汉奸征逐酒肉
递血书遁入空门

1938 年 12 月 29 日，汪精卫在河内发表"艳电"（"艳电"
这个词本身并没有什么特殊的意义，当时电报为了节省字数，
把日期用一个字代替，12 月 29 日的电报代号为"艳"字，故
后人称之为"艳电"），公开倒向日本。1940 年 3 月 30 日，汪
精卫正式"还都南京"，成了全国人民唾骂的汉奸傀儡。汪
伪政府成立后的第一件事，就是诱招重庆政府的军政要人加
入他们的"曲线救国"行列。到 1943 年 8 月，投奔汪精卫的
重庆政府官员有国民党中央委员 20 人，高级将领 58 人，军
队 50 余万。汪伪政府的第二大任务是建军。汪精卫深感以前
没有自己军队的苦恼，决心组建一支自己的军队。他效法孙
中山办军校的方法，主办起"中央军政干部训练团"，由伪中
央军委直接领导，汪精卫亲自兼任团长，陈公博兼任教育长，
周佛海兼教务长。训练的对象是收编的投奔他们的地方杂牌
军，训练以三个月为一期，自上而下，一直训练到排长为止。

每逢师资干部短缺，底下伸手向上面要人时，汪精卫都会想起那个早年追随他的小堂弟——汪兆贵。

闲暇之隙，汪精卫还会携陈璧君来马祥兴小酌。

如今汪主席就餐，可不是当年那番轻车简从了。蒋介石的重庆政府，不停派军统特务前来刺杀汪精卫，虽屡次侥幸逃脱，但也惊了他一身身冷汗。所以汪精卫现在是深居简出，轻易不出门，出来则提前清场，戒严。据马定松的大女儿马月娥回忆说，那时她还小，就住在店里。每回汪精卫夫妇来吃饭，叔叔马定文是又喜又忧。喜的是，经常有这帮伪府要人光顾，街上小痞子轻易不敢来店里捣蛋，背后大拇指一竖，说乖乖隆里冬，马祥兴那个牌子大，食客全是有来头的，惹不起；忧的是，每回来，一条街都戒严，街边早早站上了军警，平常食客都给拦在街外头，搞得店里那一晚就没的生意。

这一天，汪精卫在店里吃饭，突然提起汪兆贵，说："他好像经常到你们这个店里吃饭，你们还知道他现在去了哪里？"

负责前厅接待的马国钦和汪兆贵不熟，连忙下去打听他下落。马定松皱皱眉说："你去回话，过几天他再来时，我找个汪兆贵的熟人，当面告诉他。"

过了几日，汪精卫又来了，同行的还有周佛海。照例是美人肝、凤尾虾、松鼠鳜鱼和蛋烧卖……四大名菜一一上过，突然端上一道烤鸭。汪精卫皱起眉头，陈璧君立即用筷头点点盘子说，我们没点这道菜呀？

端盘的伙计说，这是我特意给你们做的，尝尝看！

汪精卫听这伙计嗓音嘶哑，还有些颤抖，不由觉得可疑。周佛海草包一个，早迫不及待地筷子叉下去，咦，挑开松脆的鸭皮，只见里面不是鸭肉，而是包着鱼片、羊肉、百合、杏仁。搛一块尝尝，鲜香无比。

伙计说："周先生知道这菜的寓意吗？"

周佛海一愣，接口说："哦，我明白，我明白，鱼和羊同烩，是个鲜字；这百合和杏仁么，是说我们汪主席贤伉俪百年好合，笃信（杏）仁义，对不对？"

伙计讥诮说："我们平头小民，做菜哪有这么多深意？你就简单地把四个菜名连起来读吧！"

汪精卫眉头紧锁，陈璧君正想插话，周佛海却嘴快，连起来就读："鱼——肉——百——姓（杏）"……吓得闭口不叠，一张胖脸胀作猪肝色。

"放肆！"陈璧君把筷子一拍，抬手就要喊走廊上的卫兵。汪精卫摆摆手，拦住了，阴沉着脸，问："你是什么人？"

伙计除去头上的一圈白帽，露出一头秀发，原来是个漂亮的女人。白净的面孔，高鼻樱唇，一双大眼睛，炯炯有神地盯着汪精卫，不慌不忙地说："汪先生不是要找汪兆贵么？我叫薛慕莲，是汪兆贵的未婚妻，也是他的未亡人。他有一封信，叫我带给你。"

原来，薛慕莲几次找马定松，说汪精卫经常来马祥兴，问能否得空见见他？马定松一直怕她惹事，就说每次来，戒严得紧，怕有不便。"真有什么信要带的话，我来替你送到就是。"薛慕莲一心想当面羞辱一下汪精卫，而且她晓得转交这封信，说不定就有杀身之祸，绝不能连累了马家。这次正好汪精卫要找汪兆贵，马定松就想，让这个机会给薛姨，不是一举两得么！便通知了她。今天她一大早就来了，还特地让马定松按她的要求，做了这么道菜，也没告诉他是什么意思，换了套伙计服色，秀发塞进白帽，女扮男装，与汪精卫见了面。

薛慕莲从怀里抽出那只大信封，双手颤抖着递给汪精卫。周佛海怕有诈，生怕再在上司面前丢脸，急忙从中抢过，扯开一看——正是那封血书，上面八个字："还我河山砥柱中流"血写字迹，已经微微发黑。

薛慕莲缓缓说："其实这封信现在交不交给汪先生，已经没有多少意义了。兆贵哥若是九泉之下有知，知道他仰慕的汪先生如今飞黄腾达，沐猴而冠，恐怕也不会怪我替他没送这封信。不过我觉得，人言谓之信，我答应过兆贵哥的事，我就要办到。就像当年汪主席号召中国百姓焦土抗战一样，音犹在耳，怎么能这么快就忘掉呢？"

"卫兵！"陈璧君一声喊，两个荷枪实弹的卫兵冲了进来，虎视眈眈瞪着薛慕莲，只等一声令下，立刻抓人。薛慕莲扯扯衣襟，理理头发，伸出双手让他们铐，朗声说："我既然来了，就没打算活着回去——只说明一点，此事是我和汪主席的私事，和这家老店无干，你不要难为他们！"

汪精卫早年认识薛慕莲，其实刚才一除帽他就认出来了。此刻他脸上一点表情都没有，半晌，才无力地挥挥手，说："走，你们都走！"

薛慕莲扬长而去。

两个卫兵面面相觑。

周佛海提醒汪精卫说："她走远了，要不要——他在颈间比画了一下，做了个杀人的手势。"

汪精卫还是一言不发，只将那封血书，慢慢放在蜡烛上点燃，看一缕火苗，一蹿而起，烧痛了手，才悻悻说："回去——此事今后不要再提！"

此事后来马国钦才从卫兵口中了解详情，吓得一身冷汗。马定文连声抱怨马定松，说他不该带这个惹事的女人上门。幸亏汪精卫怕丑，后来没有发作马祥兴，否则一道封条，能关了马祥兴的门！

马定松后来到处打听薛慕莲的下落，始终找不到她。直到1949年后，一次偶然的机会，马定松带一家老小去玄武湖公园玩，路过鸡鸣寺时，肚中饥了，儿女们要上山吃碗素斋。马定松说："我们回民，不拜佛教寺庙，也不去汉民餐馆就餐。真饿了，我袋里有几块桃源村点心。"说着话，忽见通向寺庙的石阶上，有个熟悉的身影，冉冉而上。马定松心口怦怦直跳，拔步就追，追进寺门，果然是薛慕莲！只见她缁衣芒鞋，佛珠垂胸。马定松一声惊呼，正要说话，却见薛慕莲不认识他似的，两手合十，眼观鼻，鼻观心，轻轻念声阿弥陀佛，足不沾尘地消失在苍翠竹林后……

汪精卫从此也不再来马祥兴。但他留恋马祥兴的美食，尤其是马祥兴那道美人肝，百吃不厌。每次想吃，都叫马祥兴给他外送。有一次汪精卫在中山门外公馆办公，已是深夜了，突然食指大动，想吃美人肝了，居然不顾宵禁戒严，一道手令，连开两道城门，叫马祥兴送美人肝来——据马祥兴的老人回忆，当时柜上有许多汪精卫的手条，全是荣宝斋的小信笺，汪精卫亲笔手书："公馆点菜，军警一律放行！"点的菜，大多是美人肝。这个小典故，金陵故老，人尽皆知——大汉奸此时的做派，颇像当年的唐明皇了，为博那个三千宠爱集一身的贵妃一笑，不惜劳民伤财，从岭南快马运来荔枝——虽是百年老店的佳话逸事，却是不折不扣的亡国之兆！汪精卫后来病死在日本，还不忘把他的尸骨运回南京，埋在梅花山上，以为能傍中山先生而眠。但他的所作所为，早已与他早年投身革命的初衷背道而驰，只能钉在历史的耻辱柱上，遗臭万年了。当时有一家在上海租界里发行的小报，就发表了这样的诗句——

昔年慷慨歌燕市，
今日投降作楚囚。
早能引刀成一快，
何尝辜负少年头！

上有所好，下必效焉。汪伪政府成立以后，群奸酒肉征逐，马祥兴的生意格外红火，超过旧日规模。为了方便吃喝，汪伪政府还特地发了两面日军司令部的小旗子，插在马祥兴的送菜车上。城里戒严期间，马祥兴的车子可以畅通无阻，令其他店家羡煞！汪伪的"外交部""立法院""行政院"……五院八部，都整桌整桌地预定马祥兴酒席。日寇的高级军官，也频频光顾。汪伪政府要员中，褚民谊、陈群、傅式说等人来的次数最多。最可笑是那曾任北伐军东路军前敌总指挥部政治部主任、帮蒋介石制造了震惊中外的"四一二"惨案的陈群，因失宠于蒋介石而退出政界，如今摇身一变，成了汪伪的"内政部长、中央监察委员"及"军事委员会清乡委员"，利用清乡机会，搜刮了民间大量明版藏书，以为自己很有学问了。听说这是家明朝老店，于右任还在此题过对联，有一次在店里吃醉了酒，便也附庸风雅，主动为店里题了一副不伦不类的对联："十斤肉堪大嚼，三杯酒阖稍休"，还非要叫马定文张挂在大堂上。马定文知道回民最忌讳这个肉字，虚与敷衍一番，当然没有挂出来，徒留一段笑料罢了。

十五 ｜ 庆光复小民惴惴
遇敲诈花钱买安

1945 年 8 月 15 日，日本宣布投降。中国人民历经十四年艰苦抗战，终于胜利了。南京城锣鼓喧天，鞭炮齐鸣，成了欢乐的海洋！

马德铭一家，在和市民同庆胜利的喜悦之余，还有一丝淡淡的隐忧：马祥兴在汪伪时期，发展迅速，生意红火，许多大汉奸都在这儿吃过、喝过，包括日本军方的一些高级将领、特务头子，都在这里摆过酒席。重庆来的接收大员，会不会将马祥兴当敌产没收了？

马定文说："伯啊，你不要瞎操心，我们正正经经做生意，三江来宾四海客，前门笑迎后门送的，和敌产有什么瓜葛？"

马德铭说："儿啊，你这就不懂了，每逢改朝换代，最倒霉就是我们这些平头百姓。尤其是手头有两个小钱的百姓，跑又跑不掉，躲也躲不开，只好伸着脖子挨宰！"

马定松刚从街上回来，接话说："阿乌说得不错，三山街上一家绸布庄，老老实实的一个生意人，政府非说是敌产，没收了不说，老板还给拖上街游街。可怜老百姓也不晓事，跟在后头起哄打冷拳，砸了他一头一脸的坏鸡蛋、烂菜边子，差点没给当街打死！"

金宏义也说："游街还不算惨，太平路上一家银楼，就因为柜上存了伪府什么人的一点儿首饰，被号了敌产。老板急得没办法，想了个馊主意，叫自家女儿陪清查官员吃饭。那重庆来的狗官，吃也吃了，睡也把人家黄花闺女睡了，第二天照样领着人来清查，还说自己清正廉明，休想用美人计勾引。气得老板一根绳索，吊死在自家房梁上。更惨的是临死前，还弄了包毒药，把自己女儿、老婆也一起药死了——一家人死得倒也干净！"

自 8 月 16 日国民党新六军空降南京，重庆方面来的接收大员一拨接一拨，一拨比一拨级别高。可怜南京许多商家店铺倒了血霉，像割韭菜似的，割了一茬接一茬，有的竟被重复接收了四五次，刮得锅干盆净。接收大员"五子（金子、房子、票子、车子、女子）登科"，大发接收财，一时买房买车，市面上物价飞涨，老百姓那时流传一句口号："盼中央，迎中央，中央来了更遭殃！"马德铭一家，更是惶惶不可终日。想起当年，上面好歹还有个汪兆贵打探消息，如今政府里一点人也没有，不晓得是个什么章程？

这一天，李记者突然光临马祥兴。

八年未见了，李记者一点也不显老，红光满面的，比以前更胖了。看出来，躲在重庆这几年，他没吃什么苦。西装

笔挺的，肩上挎个德国相机，进门就掏名片，说："鄙人现在是中央日报的首席记者了，今天来纯是家宴，老熟人了，马老板要照顾点儿哟！"

李记者的胳膊上，挎着个新夫人，比他小十几岁，妖娆得很。旗袍裹在身上，曲线凹凸，水蛇一样扭来扭去。娇滴滴的一会儿要吃这个，一会儿要吃那个，看样子，是才搞上手的，李记者对她是百依百顺。三杯酒落肚，李记者便开始吹起牛来，说："新六军军长廖耀湘知道么？是我老弟兄！前年他从缅甸野人山血战归来，瘦得皮包骨头，我亲自去看他，还好好写了篇访问记。廖耀湘名声大振，对我感激地不得了，非要送我一把日本指挥刀。我说我一介书生，要那个玩意儿做什么，你还不如送我一条火腿实惠！"说着，顺势拧了一把新夫人的脸蛋，新夫人叫声：死样！一歪身，倒在李记者怀里。旁边几个帮闲哈哈大笑。

马德铭对这个海地湖天乱吹的李记者没什么好感，听不了几句就回后面去。马定文却心中一动，悄悄跟过来，说："伯啊，你不是说我们现在政府里没人么？这李记者倒神通广大哎。"

你�#听他牛哄哄的，几句是真，几句是假？

死马当作活马医么，总比束手待毙好。马定文嘀咕着，自己回到前面，叫马国钦好好招呼李记者。

吃得五饱六足，要结账了。马国钦递上账单，李记者一看就不高兴了，剔着牙花说："我们老熟人了，也不照顾点儿？"

马国钦赔笑说："老板刚才特地关照，这桌席已经打过折了。"

打过还这么贵？李记者接过马国钦递上来的账单，径自走到大台上，往案板上一摔，对马定文说："马老板，你伯呢？"

马定文站起身，笑着说："我伯歇下了，你有事尽管和我说，我能做主——以后，我们还要托您多照应呢！"

李记者心思玲珑剔透，一瞧马定文的脸色就明白了，两根指头从口袋里夹出张名片递过去，说："刚才我名片给你家老老板了，这张给你小老板，结识一下，以后互相照应。"

马定文接过名片，说："刚才听李大记者说，你和军界很熟，不知和这次来接收的大员熟不熟？"

李记者哈哈大笑，说："那帮家伙，在重庆闲得骨头生蛆了，天天和我在一起打牌，下馆子。有什么事找他们，就我一句话！"

马定文小心翼翼地说："事倒没多大事，就是想问问，接收大员对我们店有什么说法？"

李记者一拍胸脯，说："多大事啊，全包我身上了——那账单……"

马定文挥挥手，说："免了。"

这以后，李记者就吃顺了嘴，三天两头带人来胡吃海喝。今儿个是南京各大媒体的记者，明儿个是生意场上的老板，每回来，胳膊上都少不了挎着他那个新夫人。混吃混喝倒没什么，就是每回来，问起托他打听的情况，他总是一推二六五，一会儿说管事的不在，一会儿说有眉目了，再等等，再等等……可他白吃白喝，却一次都没等。

每回来，还吹。他说，汪精卫在梅花山上的坟墓被工兵用炸药炸开了，汪精卫的尸体上，覆盖着青天白日满地红旗，身穿黑色长马褂，胸披大绶带，头戴礼帽。由于使用过防腐剂，尸体尚未腐烂。棺内没有任何陪葬品，只发现尸体的上衣口袋里有一张三寸长的纸条，上书"魂兮归来"四个字，这是陈璧君在名古屋帝大医院汪精卫去世时写的。汪精卫的棺木和尸体被运往清凉山火葬场彻底焚化，梅花山的坟地由工兵铲平后建了一座小亭，四周添植许多花木。过两天，李记者又来说，陈公博一行七人也被引渡回国受审了。陈公博对指控他的汉奸罪表示不服，在法庭上为自己辩护说："平心静气去想想，当日汪先生来京之时，沦陷地方至十数省，对于人民只有抢救，实无国可卖。在南京数年，为保存国家人民的元气，无日不焦头烂额，忍辱挨骂，对于个人只有熬苦，更无荣可求。到了今日，我们应该念念汪先生创立民国的功勋，念念他的历史和人格。"法庭当然不会听他这番鬼话，判决陈公博死刑，临刑前，陈公博要求向陈璧君告别。在陈璧君的囚室外，陈公博向陈璧君深深鞠了一大躬，双手捧上自己用过的一把茶壶，说："夫人，我先随汪先生去了。牢中别无长物，一把茶壶，权做留个纪念吧！"

李记者吹起这些见闻时，总是有意无意地渲染气氛，吓唬马家人。等吹完了，问起托他打听的情况，马上又拍起胸脯，说多大事啊，我军警两界都熟，只要我李大记者出面，不会不把我面子的。

那一天，李记者吹得正热火时，来了两个臂膀上戴袖章的宪兵，护送着一个身着长袍的客人，径直上楼，进了包间。
这个客人很神秘，独自用餐，两个宪兵守在门口，钉子似
的笔直立着。马国钦送菜进去，那客人还有意无意地问了一
句："你们这儿有个厨师，曾经伸手捏瘪了日本军刀，有这回
事么？"

马国钦下来一说，大家惊了身冷汗："宪兵，日本军刀，
莫不是来调查敌产？"马定文一迭声地求李记者："小老子哎，
嫑吹了好不好？赶紧上楼打听打听是哪路神仙，该花钱花钱，
该找人找人，嫑事到临头来不及应付！"

李记者一听宪兵，吓得脸色都变了，说："我们中央报
馆，也属国家公职人员，贸然上去撞见了不好。这样，我马
上回报馆问问，看是个什么情况？放心，有我，没事！"说完，
一溜烟走了。同他一道来的客人，看看情况不妙，一个个也
找借口，全溜了。可怜马定文一遍遍到街上张望，左等不来，
右等不来，急得魂灵出窍。幸亏一会儿，楼上那神秘客人吃
过了，带着两个宪兵下楼，什么话都没说，还客客气气地付
了账，扬长而去，从此再无消息。马定文后来多方打听，始
终不晓得这是什么客人？有人说是白崇禧家乡的阔亲戚，没
吃过马祥兴，特地前来品尝风味的；也有人说是北方来的国
术馆武林高手，听说马祥兴的故事，前来会一会马定松的，
可惜那天马定松没露面。

当然，那天再没露面的还有那个李记者，他早跑得帽顶
子不见帽影子了。

十六 | 宴贵宾冰火两重
物价涨盛极必衰

　　且说那个李记者，自从上次临阵脱逃，好长一段时间没好意思到马祥兴来。这家伙也皮厚，看看马祥兴平安无事，生意还日见火爆，肚里馋虫大动，这一日，又到马祥兴来了。

　　说起来，记者这个职业，应酬多，欠人情也多。老白吃人家的，当然也得回请人家。可惜，别看记者一个个站出来，西装笔挺的，表面上光鲜，囊中实在羞涩，于是就只好到处"打秋风"。李记者仗着抗战前给马祥兴写过几篇报道，老熟人，所以想把这里发展成自己白吃白喝的据点。只是他上次红口白牙说大话，把马祥兴得罪狠了，他自己居然不知道，或者说，装作不知道。

　　李记者这次带的人不多，四五个，每次必带的新夫人不见了，身边换了一个更年轻的小姐，据说也是什么明星。进门就说："还是小范围的家宴，随便弄几个菜就行，随便。"

　　马国钦将菜单下到后厨，马定松接过，嘿嘿一笑，说："他这桌菜我来！"

李记者正在吹牛，说昨天于右任老先生宴请首都名流，他也去了。那个菜上的，美轮美奂，每盘菜都像艺术品一样，不忍下筷。

正说着，冷盘上来了：一个花篮迎宾，一圈香菜萝卜花中间，是薄薄的几片烧鸭脯、盐水肫、卤鸭舌，客人几筷子下去，就没有了。单盘是梳衣黄瓜、佛手笋、素烧鸡、炝银芽。李记者筷头悬在空中，看这也是素的，那也是素的，脸就苦下来了，筷子往桌上一拍，说："走热菜吧。"

须臾，一大碗红烧牛肉端上桌，筷头挑挑，萝卜倒比牛肉多。几个客人就臭李记者了，你说带我们来吃马祥兴四大名菜，就是这些黄瓜、黄豆芽和南京大萝卜啊？

李记者先还笑脸撑着，说等一刻儿，等一刻儿，菜还没上齐呢！可一等不来，再等不来，他脸上就挂不住了，说："喊你们大厨来！"

布帘一挑，马定松笑眯眯走了进来，恭恭敬敬地问："李大记者喊我干么事啊？"

李记者晓得马定松在这家店里的地位，不是一般二般的大厨，便忍住气，问："这就是你给我们配的菜啊？"

是啊，马定松装傻充愣地问："你不是点的随便么，怎么，我这菜还不够随便啊？"

李记者晓得他今天是存心来消遣他来了，但自己几次吃饭都没给钱，又不好发作，便自我解嘲一笑，说："相传古时有人以诗宴待客，端上来四个菜：一个碗里盛着两个蛋黄叫'两个黄鹂鸣翠柳'，另一碗里盛着蛋白，叫'一行白鹭上青天'，第三个碗里盛一些切碎的蛋壳里的皮膜，叫'窗含西岭千秋雪'，最后一碗是半碗清水上漂着两个半拉蛋壳，就是'门泊东吴万里船'了——哈哈，今天马大厨给我们上的菜，与这桌古诗宴有异曲同工之妙，看来百年老店马祥兴确有待客之道啊！"

马定松原来只是想消遣他一下，看他话语中辱及店风，便正色道："李记者确是文化人，讲出话来也是文绉绉的，含沙射影，叫人站不住脚。不过，我们马祥兴接待的文人不少，可像你这样经常吃了不给钱的不多！"

李记者一听钱字，心就虚，他怕同来的客人听到难看，急忙站起身，拉着马定松朝里面柜台走，压低声音说："马师傅讲话怎么不留一点颜面？我每回来吃饭，都说要付钱的，是你们老板客气请我的，我也不能不领情啊！"

马定松说："你这个情是怎么领的，我们怎么感觉不到呢？你说你在上面有人，手眼通天，结果托你打听点儿事，是打听不到；你说军警两界全是你朋友，结果宪兵一来，你溜得比鬼快！"

说话间，已经来到后面柜上，马定文、马国钦都跟过来了。李记者指天画地说："天地良心啊，我李某没帮过你们？昨天我在于右任先生请的那么大个宴会上，还为你们说好话哩——张治中将军想请中共代表团周恩来吃饭，问哪家菜烧得好些？于先生推荐了你们。我也在旁边不停敲边鼓说，马祥兴好，马祥兴的美人肝到嘴就化，刷个嘴巴都舍不得丢！"

马国钦听得很仔细，问："你是这么跟张将军说的？"

马定松说："你听他瞎说，那种场合他哪插得进嘴去？一定是于右任老先生夸我们，他在旁边听到罢了。"

马定文怕李记者太难堪，打圆场说："李记者，你那边席还未完，不要老在这块儿打嘴皮子官司了。这么着，定松你再添两个菜，让他们吃吃走吧。"

"添两个什么菜，你付不付钱？"马定松还是不依不饶，盯住李记者问。李记者下不来台，说："付，认你狠，我付！以后你们也不要找我！"

马定文说："李记者你也别生气，我们开店的，讲究个和气生财。我听我伯说，你过去是写过不少小店的文章。这样吧，以后你还尽管来吃，付账时打个8折；得空再帮我们多写几篇文章，就感激不尽了，可好？"

李记者见有台阶下，便耸了耸肩，说："没问题，文章我照样写，7折付账吧！"

以后李记者来马祥兴便打7折。就这7折，他也舍不得，来的次数也渐渐少了，文章也不见他多写。1949年后，他去了台湾，窝在那个小岛上，可能闲得慌，文章倒是发表不少，且常有怀念马祥兴的文章见报。听说后来还成了专栏作家，经常发些牢骚怪话，渐渐的，竟被誉为岛上民主斗士了——这是后话不提。

且说那天马国钦一听到周恩来，为什么就那么认真？这是因为中共南京地下党，得知近日张治中将请周恩来吃饭，很可能是在马祥兴宴请，便提前布置防范工作，秘密委托马国钦了解情况，包括选择厨师。因为这一段时间，国共两党摩擦加剧，特务活动很是猖獗，中共地下党有些担心，生怕国民党特务下黑手。

张治中将军和后来成为共和国首任总理的周恩来，私交甚密。早年张治中在黄埔军校任教育长时，周恩来就任政治部主任。两人相处坦率真诚，对军校工作、国内外大事和中国的前途命运，可以说"英雄所见略同"。1925年，周恩来与邓颖超在黄埔军校结婚时，由于经济拮据，周恩来决定从简办婚事。张治中知道后，说，结婚乃人生大事，不能太简单。于是，他立即通知军校几位知己，并由自己出钱，操办了两桌酒席。张治中平时很少喝酒，而在这次周恩来的新婚喜宴上，开怀畅饮，喝了个酩酊大醉。后来，邓颖超在和张治中的儿子张一纯谈到这些往事时，说她记忆犹新，一辈子也不会忘记。

周恩来和张治中的交情不仅是私交，还在于张治中对中国共产党的立场和态度。抗战胜利后，内战尚未爆发，国共两党在整军谈判上，双方都到了舌敝唇焦、精疲力竭的程度。中共初步要求十六个军四十八个师的编制，而蒋介石则始终坚持"十二师之数，乃中央所能允许之最高限度"。最后中共让步，希望整编成二十四个师，最少二十个师。张治中特别同蒋做了长谈，说："中共本来拥有正规军一百万，民兵二百万，现在愿意从四十八个师的要求降为二十四个师，最少二十个师，是很大的让步，我们是可以考虑接受的。"两人正为此争论得面红耳赤，蒋的随从参谋皮宗敢陪同马歇尔进来，马歇尔见状甚为惊讶地问："到底发生了什么事？"蒋介石愤然说："我正在和共产党代表谈判！"

眼下周恩来在南京梅园新村，继续和国民党谈判，张治中深晓此中艰难。其实，此前他在新疆工作，去年夏天曾同于右任院长到天池一游。他发觉于右任对时局也不看好。面对天山的大好景色，老先生即兴作《浣溪沙·天山词》一首："我与天山共白头，白头相映亦风流，慕它雪水灌田畴。风雪飘摇成过去，暮雪收尽见方舟，山河憔悴几经秋。"说起战后国家前途、党内派系斗争，两人唏嘘不已。张治中已经从高层知道，国共两党再次破裂，不可避免，近期可能就要逼中共代表团离开南京了。所以，他想请周恩来夫妇吃饭，吃一顿好饭，也算尽尽地主之谊了。于右任向他推荐马祥兴，此前，他也有此意，只是去店里吃，还是请厨师来家里做，尚未拿定主意。

马国钦从李记者口中获知这一重要情况，立即通知了地下党，并且反映，马祥兴周围，最近两天突然来了许多不三不四的人。街对过，还多了两个鞋匠摊。这两个鞋匠细皮嫩肉的，一双鞋在手上敲来敲去，老也修不好。真有生意上门，他还把价格报得高高的，明显不想接活。破毡帽下的一对眼睛，滴溜溜只是盯住了马祥兴的大门。

当天晚上，江北就过来一小队人马，全是原来回民支队的侦察班的战士，一色便衣，腰间鼓鼓囊囊的。达一刀也过来了，师徒相见，马定松格外兴奋，当晚就要在店里摆席庆贺。达一刀说："有任务，不能大吃大喝。"马德铭要留战士们在店里住，达一刀也没肯，只是请马国钦在附近找几家旅社，分头安置了他们。一切行动都很神秘，深夜，达一刀还将马国钦叫出去，商量了很久，不知道商量了什么？马定松很想知道，但马国钦一字不吐，还叫他不要将达一刀他们来的消息走漏。马定松气哼哼地说："我也不是小孩子了，这点儿事还要你关照！"

过两天，确切消息下来，张治中将军在家里宴请周恩来夫妇，请马祥兴大厨上门烧菜。得知这个消息，马国钦松口气，与马定文商量，派政治上稳妥、技术好的大厨去。马定文也奇怪，马国钦虽是店里老人了，但平时只负责前面堂口接待，这次这么认真干么事？他隐约晓得马国钦与中共地下党有联系，但这都是秘而不宣的事，所以他也不点破，就叫店里手艺最好的金宏义和马定松前往。

金宏义、马定松带着几个学徒，前往张治中公馆。

张治中公馆在新街口附近的沈举人巷里，占地上千平方米，花园洋房，闹中取静。金宏义、马定松一行前往时，达一刀和几个战士，一路便衣护送，安全抵达。那天二位师傅打点精神，将四大名菜一一呈上。家宴吃了很久，客人究竟满意不满意，两人心里也没底。看看天色已晚，菜早走齐了，忽然，张治中将军陪着一个身穿中山装的中年男子走进厨房。那人目光慈祥，态度和蔼，右手端在腰间，操一口浓重的淮安口音说："师傅们辛苦了！你们马祥兴的清真菜，的确名不虚传！"

勤务兵悄悄说："他就是周恩来，共产党的大官"——金宏义、马定松见过不少高官，可对厨师这么和气、吃完还亲自来后厨道谢的高官，他们是第一回见！

　　周恩来离开南京后，解放战争很快打响了。不久，张治中率代表团到北平与中共谈判。1949年4月21日，由于南京政府顽固地拒绝了双方代表团所同意的《国内和平协定》，人民解放军迅速渡江，留在北平与中共谈判的张治中，认为自己是首席代表，理应回去复命。周恩来对他说："你们还是留下来吧。西安事变我们已经对不起一个姓张的朋友了，怎么能再对不起你这姓张的朋友。"张治中还有些犹豫，4月25日，周恩来面带喜色地来到张治中的住处，对他说："文白兄，我们一起去飞机场接人吧！"汽车直奔西郊机场。等了片刻，一架飞机徐徐降落在停机坪上。飞机上下来的，是一个中年妇女和几个孩子。张治中一看，又惊又喜，原来是自己的妻子和孩子。一下飞机，几个孩子就扑到他的怀里哭了起来。张治中揉揉发红的眼睛，深情地对周恩来说："恩来先生，你真会留客啊！"于是，张治中留下，和共产党一道建设新中国——也是后话不提。

　　蒋介石没到过马祥兴吃饭，但他也久闻这家百年老店的名气，经常叫马祥兴的师傅送菜上门，或到总统府来做饭做菜，用那时店里的话说，叫"外送"。

　　金宏义之子金长年回忆他父亲第一次去总统府做菜时，说他差点吓掉小命。那一天蒋介石宴请宾客，叫马祥兴派厨师来。头天就接到通知，第二天一大早，金宏义在水陆码头采购上新鲜的菜蔬，拿上佐料家什便去了。

　　总统府做菜可不是件稀大流干的事儿，从进门那一刻起，两个卫兵便左右紧紧跟上，寸步不离。一个菜做好，往上端之前，厨师必须当面尝一筷，确认无毒了，才能上桌，那情形就跟古代伺候皇帝差不多。那天做完菜，金宏义正想歇歇，一卫兵叫他上宴会厅去，说总统有请。金宏义胆小，不知道犯了什么事儿，抖呵呵跟着去了。蒋介石问："这菜是你做的吗？"金宏义吓得两腿发抖，恨不得就跪下来了，心想，这下完了，这下肯定要拉出去枪毙了！谁知蒋介石听了他回答后，说："很好，你的菜烧得很好！"

酒席上立即有人凑趣，说那总统要赏他呀！

蒋介石想了想，叫"文胆"陈布雷代笔，写了副对联，然后签上自己的名，送给了他。可怜金宏义哪儿有心思看对联写的什么？卷起来，擦去一头冷汗，连忙退下。

这以后，马祥兴厨师再去总统府，都要换上行头。店里特地做了几套回民服装，马定松每次去，都是白衣白帽，一副传统的民族服装。新中国成立后，他在店里向学徒说这段经历时，是这样解释的："那些卫兵全有枪，看有可疑的就会开枪打。我们穿上这种民族服装，既干净，也比较醒目，免遭误伤。"

如今马祥兴的店面，也扩大了。马德铭现在已经放手让马定文经营，马定文看生意越来越好，每晚来许多客人，坐不下，常常要回掉，心疼得要命，干脆又盖了一栋楼。楼下是间大餐厅，楼上全是雅座，新增加了八间房，能同时开30多台酒席。这在当时的首都南京，像这样规模的饭店，也叫首屈一指了。

　　经营管理上，马定文也有自己一套。在马祥兴严格的老"铺规"上，他又增加了几条。首先把"信用"二字视为重要的商业道德，并尊重顾客利益；其次要礼貌待客。由于店员以回民为主，自然多讲究清洁、勤快。店员、学徒要刷牙，不准吃葱、蒜等味道大的食物。顾客进店时，店员必须挺身站立，神态要"礼貌端庄"，并和颜悦色地询问顾客要吃什么，是大堂还是雅座？给顾客留下良好的第一印象。针对不同身份的顾客，采取不同的对待办法。特殊顾客上门，多采取专人跟班，端茶、倒水、点烟等好生伺候；对普通顾客采取"人盯人"的办法，顾客进门后学徒立即跟上来，顾客要什么拿什么。谈生意时，"须要花苗，立如胶漆，口甜如蜜，还要带三分奉承，彼反觉亲热，买卖相信"。对压价的顾客，笑脸相待，推之以理，详之以情，切不可"浮草大意，回他去了"。

　　对菜肴质量，更有高层次要求。马定松现在已经是马祥兴的大厨了，红锅白案，样样拿得起，放得下。偷空，他常把那本爷爷留给他的明朝老菜谱拿出来研究，越研究，越觉得有读头。开始看的时候，就觉得老谱上这些菜，太平常，太烦琐，比如菜的品种都比较单调，烧法也过于烦琐，光一个烩牛筋，就要什么用热水汆，木棒敲，还九蒸九煨……他想一定是祖辈那时还比较落后，没这么多器皿和调料，所以才这么单调而烦琐。随着年龄的增长和厨艺的提高，他发现这本老菜谱里有许多深奥的道理，比如腌鸭如何保鲜，牛肉如何嫩酥，菜肴如何养生，都有极复杂的程序和工艺。他就在创制马祥兴品牌菜的时候，把这些悟出来的道理，和金宏义等师傅共同研究。他们想，之所以那么多名人喜欢到他们这家回民店里来吃，除了清真特色，也是因为这些富人吃惯荤腥油腻，想吃点清淡可口又有营养的东西。所以在菜谱上，不能抱着老皇历不放，要吸取淮扬菜的特点，融合回民特色，推陈出新。他们研究的除了四大名菜，还有爆肚领、烩脊髓、烩牛脑、烩蹄环、锅贴干贝、凤尾鸭舌、烩鸭掌等50多种名菜，一时享誉金陵。

据马定文后来在一本文史资料上介绍，马祥兴所以成功，一是马祥兴的师傅们齐心钻研技术，创下的品牌菜多。而且他一改其他帮派菜先上冷盘或先喝汤的习惯，每次客人一进门，先上店里的特色名菜，这样就抓住了客人这时口味比较敏感的生理特点，留下深刻印象。二是注重广告效应。比如早期于右任的题词和那口明朝大铁锅，后期汪精卫对美人肝的痴迷，他们都有意无意地在坊间散播，使马祥兴三个字像城头上吹喇叭——名（鸣）声远扬。对报馆记者、帮闲文人进店，他都要求少收钱或不收钱，因为他晓得这些人嘴坏，吃得好说得好，在报屁股上来一块，比他登广告还要划算，这叫"小的不去，大的不来"。三是看人头下刀，前堂后台密切配合，什么样的客人进门，跑堂伙计要"有眼色"。比如巨商大贾、官僚豪门或大学教授进店，他们大多重质不重量，后台开菜时，就要品种精些，量少些，口味淡些，当然，价格上也可以多赚些；平民进店了，菜的量就要大些，钱还不能多收，账更不能算错，否则吃完了淘气。柜上开菜下条子也有许多暗语，除了注明是某某人之外，还写"浓样些"，就是做好点的意思。"玩廉些",就是差一点的意思。对不同的顾客,菜的软硬,味的浓淡,都要及时通知厨下。马月娥回忆说:"阿乌(指叔叔马定文)经常在客人吃饭时,踱到雅座外面竖着个耳朵听,听客人反映这个菜咸了,淡了,还是嚼不动了,都会及时去和伯(指父亲马定松)他们讲,下次就改进。"

1948年,国民党政府不顾战场上节节败退,还在闹竞选,一时间南京各大菜馆成了各派诸侯立山头、拉选票的公开场所,马祥兴被大会指定为定点饭店。3月11日,当时桂系中唯一能和蒋介石抗衡的实力派人物李宗仁,公开站出来,宣布竞选副总统。美国为钳制蒋介石独裁力量,在背后也暗中支持李宗仁。蒋介石却怕李宗仁当上副总统后,对他构成威胁,所以竭力支持有一定竞争实力的孙科竞选。双方做工作,拉选票,轮番在马祥兴摆酒设席,门庭若市,车水马龙。

除了实力相当的两派,还有程潜、于右任、莫德惠等自由竞争者,他们财力和实力明显不如那两大派,但也不甘示弱,一桌桌请国大代表吃饭,送礼物,请看影剧。囊中羞涩的于右任,靠一手好书法,送代表示好。一时拿礼品的、求书法的,前门进,后门出,马祥兴一派畸形繁荣景象。

包括蒋经国、冯玉祥,也经常来店里吃饭。马定松发现,冯玉祥每回来,都会拍着桌子痛心地大喊:"战局糜烂,文恬武嬉;前方吃紧,后方紧吃——不改朝换代才怪,才怪啊!"

马祥兴的第二次兴盛,也达到巅峰状态。

伴随着马祥兴的畸形繁荣,国统区的政治和经济状况一落千丈。物价飞涨，民不聊生。有一天，马定松回家，看到妻子马秀英抱着小钱匣子在哭，便问："你好好的哭什么？"

不问还好，一问号啕！马秀英说："我的金圆券摆家里，好好的摆家里，三天不到晚，就成了一堆废纸喽！"

马定松给她哭得心烦，忍不住奚落她两句，说："你天天坐在牌桌上玩钱，怎么能不知道外面钱的行情哩——这金圆券一到手，就要换成吃的，用的，哪个像你这样把它锁在钱匣子里啊！"

马秀英被丈夫数落几句，气得回了娘家。她的妈妈是马长兴鸭子店的内当家，一听夫妻俩为这事拌嘴，便劝女儿说："儿啊，你那匣子里才损失几个小钱啊？我手头的损失比你大多了，说不定这次家都能败掉。你赶快回家去吧，不要在这块闹，你伯也正为物价飞涨烦着呢！"

新中国成立前夕，经济崩溃，兵匪横行，马祥兴似乎在一夜之间，就变得生意萧条了。屋漏偏逢连阴雨，破船又遇顶头风，马德铭领着全家出门躲兵时，再遭土匪抢劫。这一次损失大了，光金条就被抢去 30 多根，银洋 3000 余元，还有 1000 多美钞，可以说，是倾家荡产——马祥兴又一次面临破产边缘……

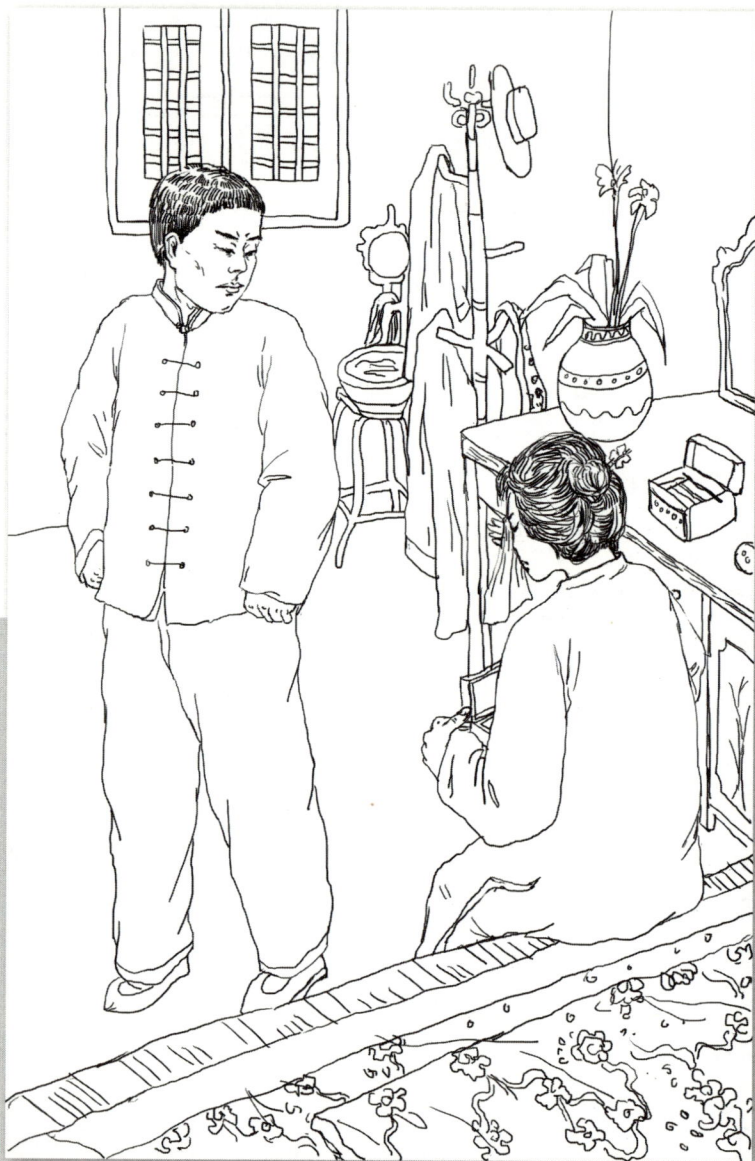

十七 | 尾 声

南京解放了。

幸亏解放了，马祥兴才又重新撑起门面。马定松的小女儿马月惠说，南京刚解放那会儿，店里没有钱，厨师伙计也跑光了，最后店里只能靠变卖家具为生。随着国民经济的恢复和发展，马祥兴同其他行业一道，在人民政府的关照和支持下，才重新恢复起来。

因为马祥兴的名气很大，马祥兴的师傅也备受关注。刚解放那会儿，全国都处在百废待兴的状态，首都北京方方面面都需要人才，马祥兴也成为搜集人才的目标地。金宏义师傅在解放初期就是被北京有关方面要了去的，据说还是周恩来总理亲自点了马祥兴的名，请马祥兴支持北京工作，派出优秀的厨师。金师傅去了北京，先是在国务院一个后勤部门工作，后来又去了北京饭店。有一次在中南海做菜，因腿脚不便（金宏义有点儿瘸），动作慢了点儿，一个卫兵呵斥他。

此时正巧周总理路过，立即制止了卫兵的不礼貌行为，还亲切地与金师傅攀谈起来。记忆过人的周总理一眼就认出了金宏义，令金师傅惊喜不已。其实就是那么一次，那年周恩来应邀在张治中家做客。金宏义被张府请去，专门为周恩来做菜，金师傅的高超手艺给在场的人留下了深刻印象。这件事让金宏义感动不已，回南京后，逢人就讲："共产党和国民党就是不一样啊！共产党的官哪里像个官，你瞧瞧，这么大的一个总理，硬是一点架子也没有啊。"

金宏义12岁进店学徒，为了能从师傅那里学到真本事，每天把火钩枕在头下面，压着睡觉。待师傅早晨起来，要取钩通火，马上就会惊醒他，便起来干活。就这样一个勤勤恳恳的老实人，就因为他以前给国民党首脑做过饭，"文革"中一再受到冲击，被撵出厨房。1970年，因肺癌去世。

马祥兴公私合营后，马国钦任店里首任党支部书记；马定文属于资方，任门市部主任；马定松还是店里掌红锅的大厨，且一次次被评为省市各级劳模。"文革"中，马定文挨斗时，曾苦笑着对马定松说："想想也真叫滑稽，以前我们弟兄俩都一样在店里干活，你家全家还都住在店里头，吃店里的，拿店里的。没想到现在，我成了剥削人的资本家，你反而成了劳动人民，还劳模！"

马定松一手宰牛的好手艺是出了名的，牛行牵牛过来，都要叫他估估斤两。马定松只要伸手到牛肚下摸摸，颠一颠，就能准确说出这头牛宰了，能出几斤几两肉？起初，牛行里人不服，宰了牛再一称，还真跟他先前估的一样，不服是不行了。了解他的人说，马定松的手眼功夫很是了得，估分量，上下只在几两间，不会超过一斤。

马定松烧了一辈子的大菜名菜，自己却从来不喜欢吃。下班了，他会在街边小店买上一毛钱八块的臭豆腐乳，或称上一毛八一斤的大萝卜响，回家吃泡饭。他经常对儿女说，我这辈子肚里肺里全是油烟全是菜，再也吃不下去了！

《金陵晚报》的记者2005年曾经采访过马定松的二儿子马国浩，其时马国浩在南京第二十中学数学老师的岗位上刚退休不久，返聘在秦淮外校教书。马国浩对记者说，因为在旧社会厨师的地位很低，再加上自己吃了很多没有文化的苦，所以马定松对子女的要求非常严格，并且坚持不让他们再涉足餐饮行业。于是马定松的五个子女都没有继承家传的手艺。马老的三个女儿出生较早，没有机会接受系统的教育，而他的两个儿子都在新中国成立前几年出生，因此到了入学年龄都接受了正规系统的教育。马国浩是中学老师，他的哥哥马国治则一直在扬州大学教书，兄弟两人都是教数学的。马国浩的儿子也是老师。说到这里，马国浩先生感叹道："我们家算是从厨师世家变成了教师世家。"

1985年，一代名厨马定松去世，也得的是肺癌！

让人蹊跷，也让人感慨的是，就在马定松去世前的一个月，马定文先他一步而去了。店里老人都说，他们弟兄俩是手牵手，走完人生最后一程，恩恩怨怨，悲悲愁愁，也随之风烟散尽……

马祥兴1958年由雨花路搬到鼓楼，"文革"期间先后易名为"北京饭店""团结饭店""民族饭店"，"文革"后改回原名。

尾声

1978 年，最后一批国民党战犯特赦，曾经是国民党要人的邱行湘等人重新来到马祥兴，看见马定松，一个个亲热地喊着："小耳朵，再给我们炒个美人肝！"言笑甚欢，恍若隔世！

　　1987 年，白崇禧的儿子、美籍华人作家白先勇来到马祥兴，在乃父赞不绝口的老店盘桓了良久，仔细品尝父亲晚年念念不忘的菜，说："太精美了，不愧是百年老店！"

　　2003 年 3 月 18 日，温家宝总理在回答台湾中天电视台记者有关两岸关系的问题时，不疾不徐地背诵出辛亥革命元老于右任的《望大陆》一诗：

　　　葬我于高山之上兮，

　　　望我大陆；

　　　大陆不可见兮，

　　　只有痛哭。

　　　葬我于高山之上兮，

　　　望我故乡；

　　　故乡不可见兮，

　　　永不能忘。

　　　天苍苍，

　　　野茫茫，

　　　山之上，

　　　国有殇！

　　在场的海峡两岸记者与电视机前的观众，无不被深深感动！

《望大陆》这首诗是于右任 1962 年 1 月 24 日病重时在台湾所作。两年后，于右任病逝。先生临终前诗云："未能江山一统，尸骨决不下山一步"。这首诗亦被当作他的遗言，其遗体被安葬在台北最高的观音山上，并在海拔 3997 米的玉山顶峰竖立起一座面向大陆的半身铜像，了却他登高远眺故土的心愿。

1989 年，为缅怀于右任先生，当时马祥兴的经理卞寿山来到邵力子先生的女儿邵黎黎（邵力子是于右任的密友，邵夫人是于夫人的表妹，于右任还是邵家夫妇的红娘）家，请于右任先生的女婿、民革中央主席屈武为马祥兴题词。93 岁高龄的屈武先生欣然命笔，亲笔题写了"清真马祥兴菜馆"七个大字。从此，金匾悬于大门之上，昭示着马祥兴再一次刷新了自己的历史。邵黎黎感慨地说："百年老店客两岸，一统大业系六朝。"

2003 年，鼓楼广场在市里统一规划下扩大，马祥兴又一次迁址重建。2006 年，新的马祥兴在湖南路美食一条街的街口巍然耸立。新菜馆重新设计装修，营业面积达 4000 多平方米，居华东清真饭店之首。对这家百年老店有着深厚感情的南京餐饮商会会长严敦志说："我们重新投资建设这家历经百年风雨的老店，是因为她不仅是我们南京餐饮业的宝贵财富，是南京回商的宝贵财富，也是我们南京文化历史的宝贵财富。马祥兴曾经在历史上有过辉煌，为南京、为南京餐饮业、为南京文化做过杰出贡献，我们希望，今天的马祥兴与时俱进，以更好的姿态，做出更大的奉献。"

尾声

附：本书主要历史人物简介

马祥兴的曲折发展与民国历史密不可分。马祥兴的发展历程不可避免地烙印着民国文化的色泽与精彩。历史的进程总是与历史的人事相伴，马祥兴借着历史的灯火，凭着自己的智慧，一步一步，艰难而坚韧，多彩而壮烈地走过自己的百年，走进自己的新时代。

于右任（*1879—1964*）

民国政府元老之一。早年加入同盟会。曾任南京临时政府交通部长、靖国军总司令、国民党中央执行委员会常委、中央政治会议委员、军事委员会常委、国民党政府委员兼审计院长和监察院长。后去台湾。

于右任是著名书法家，尤擅草书，被誉为"当代草圣"。他是南社早期诗人，诗、词、曲均有很高的造诣。1962年，于右任作《望大陆》："葬我于高山之上兮，望我大陆；大陆不可见兮，只有痛哭。葬我于高山之上兮，望我故乡；故乡不可见兮，永不能忘。天苍苍，野茫茫，山之上，国有殇。"

于右任先生是最早为马祥兴题写店匾"清真马祥兴菜馆"的民国政府要人。他写下的"百壶美酒人三醉，一塔秋灯迎六朝"的对联，悬挂在马祥兴大门外，既为马祥兴的未来做了良好祝福，也为马祥兴做了极好的宣传。

谭延闿（1880—1930）

民国政府元老之一。曾任湖南咨议局局长，成为湖南立宪派首脑人物。辛亥革命时附和革命，举为湖南参议院议长兼湖南军政府民政部长。1912年加入国民党，任湖南支部长，三任湖南都督。后历任国民党中央政治委员会主席、国民政府主席、行政院长等职。

谭延闿有两个雅号，一是书法家。中山陵"中华民国十八年六月一日中国国民党葬总理孙先生于此"，就是出自他手。还有一个是美食家。他闲时特别喜欢在家设宴招待宾客，常以自创谭家菜取悦朋友。民国期间的马祥兴声名大噪，在当时东南大学教授胡翔东的力荐下，他品尝了马祥兴的四大名菜。食后，大为惊讶，从此成了马祥兴的常客。在他的影响下，民国政府的大小官员纷纷走进马祥兴，无意间，为马祥兴的兴旺燃起了一把火。

冯玉祥（1882—1948）

民国时期著名军事家、政治家。曾任国民军第一军军长、国民军联军总司令、国民革命军第二集团军总司令、国民政府军事委员会副委员长，第三、第六战区司令长官。1946年出国考察水利，在美国组织旅美中国和平民主同盟。1948年，他响应中国共产党的号召，回国参加新政治协商会议筹备工作，途经黑海，因轮船失火遇难。

冯玉祥曾是马祥兴的常客，1946年他赴美考察离开大陆前的最后一餐饭，就是在马祥兴吃的。据马祥兴当年"首席跑堂"马国钦回忆说，当时冯玉祥在宴席中情绪有些不宁，对他说，今天的美味佳肴更让我难忘，不知下一次何时能再来贵店品尝呢。谁知此话竟真成了这位民国名将和马祥兴的告别词。

胡小石（1888—1962）

毕业于两江师范学堂。著名学者、诗人、书法家。曾任北京女子高师教授兼中文部主任、西北大学、金陵大学、东南大学、中央大学、（民国）国立女子师范学院教授，在文字、音韵、考古和书法等方面都有极高造诣。1949年后任南京大学教授兼文学院院长、南京博物院顾问、江苏省书法印章研究会主席。

胡小石还是一位造诣极深的美食家。他不仅善食善评，还能提出创造性的烹饪建议。他是马祥兴最为重要的客人之一，是对马祥兴建议最多、促进最大的知识分子。1925年，当时在东南大学任教的胡翔东和胡小石教授，首先对马祥兴发生兴趣，以后几乎每周都会光临，且食后会提出下一个创新菜设计。有一次，厨师根据二人意见，特用鸡肝、虾仁、笋尖等鲜品配制豆腐，并在报纸上撰文介绍。从此，"胡先生豆腐"传开，成为马祥兴的一道名菜。

张治中（*1890—1969*）

民国时期著名军事家、政治家。历任广州卫戍司令部参谋长、学兵团团长兼武汉军分校教育长、中央军校教育长，并先后任武汉行营主任、教导第二师师长、第五军军长、第四路军总指挥、第九集团军总司令、湖南省主席。1945年作为国民党代表参加重庆国共谈判。1949年作为国民党政府和平谈判代表团首席代表和中国共产党代表团进行谈判。同年应邀出席中国人民政治协商会议第一届全体会议，当选为第一届全国政协常委、中央人民政府委员。1969年4月6日在北京病逝。

张治中一直认为，在南京的各大菜馆菜肴中，最合自己口味的当数马祥兴。因此，他自然成为马祥兴的常客。国共谈判期间，他在自己的官邸设宴款待周恩来，主厨就是马祥兴的大厨金宏义。这次宴请，给周恩来留下很深的印象。

李宗仁（*1891—1969*）

民国时期著名政要。1910年加入同盟会。辛亥革命后转入广西陆军速成学校，毕业后就任连长。1915年参加护国军。后升任护法军统领，后任"粤桂边防军第三路"总司令。抗日战争时期曾任第五战区司令长官，指挥过著名的台儿庄战役。1948年，当选国民党政府副总统。1949年任代理总统，同年飞往美国。1965年从美国回到北京，声明要为完成国家最后统一做出贡献。1969年病故于北京。

李宗仁与马祥兴结缘，主要是国民党政府的"大选"。李宗仁为争当"副总统"，曾在马祥兴设宴招待选民。有意思的是，这所谓的"招待"，并非马祥兴的大菜或名菜，而是每人一碗阳春面。此举一时轰动四方，成为当时南京街头巷尾的谈资与话题。

白崇禧（1893—1966）

民国时期军事家、国民党军高级将领。回族。辛亥革命爆发后，加入广西学生军，后入武昌陆军预备学校。历任广西讨贼军参谋长、定桂讨贼军前敌总指挥兼参谋长、国民革命军副参谋总长。1938年3月，随蒋介石至徐州视察，并留在徐州协助李宗仁指挥台儿庄会战。曾担任中国回教协会理事长。国民党去台以后，一些回民家族也跟着过去，无意间把回民的文化带到了台湾。

抗战胜利后，时任国民党政府国防部长的白崇禧奉命率先"还都"南京，他特地在国防部设宴招待三军首脑，办了八桌。指示餐饮服务全部由马祥兴承办。这次宴席极大地影响了国民党政府上下，使马祥兴在国民党军界的名声迅速上升。在他的协助下，马祥兴不仅很快恢复了旧观，还迅速扩大了门面，生意愈加兴隆。马祥兴的大厨也是白府的常客，一旦有重要家宴，必去马祥兴邀厨无疑。

屈武（1898—1992）

曾参加五四运动。第一次国共合作时任国民党第二届中央候补执行委员。历任国民党军事委员会顾问事务处处长，陆军大学教官，国民党军事委员会少将参议，中苏文化协会秘书长、国民党和谈代表团顾问。新中国成立后历任西北军政委员会委员，迪化市市长，政务院副秘书长兼参事室副主任，对外文化联络委员会副主任，第一届全国人大常委会副秘书长兼人大常委会图书馆馆长，中苏友好协会会长。

屈武是于右任的女婿,也写得一手好字。"文革"结束后,马祥兴决定以新面貌展于世人。当时的经营者们遂想起屈武先生,希望屈武先生能为马祥兴重新题写店名。经过有关方面的努力，这一愿望终于得以实现。屈武以其雄浑遒劲的书法，写下"清真马祥兴菜馆"七个大字。此书后以黑底金字制成店匾，悬挂在菜馆大门门头之上。

后记一　百年马祥兴钩沉

南京有许多百年老店，但名气大，且真正可考的，清真马祥兴菜馆是其中最值一提的一家。

儿时印象里，马祥兴就在鼓楼最显眼的西南角上，是一家回民馆子。记忆特别深的，是它的鸭油酥烧饼。那时三年困难时期刚过，人人肚里缺油少肉，路过鼓楼，老远闻见鸭油酥烧饼的香味，猫抓心似的，恨不得肚子里伸出手来，抓一块尝尝。那时父亲下农村，家里没钱，妈见我馋巴巴的，一咬牙，从怀中取出七分钱，二两粮票，买下两块。一块递给我，另一块则小心地用手帕包好，说带回去给奶奶吃。可恨我那时年岁小，不懂事，接过酥烧饼，抓起来就咬，那又香又酥的美味呀，差点儿连舌头都吞下去！及至发现妈没吃，烧饼已被咬去一半。我赶紧把剩下的半块，递给妈吃。妈说不饿，叫我吃。我踮起脚，非让妈咬一口不可。推挡之中，半块烧饼掉落地上，碎了。妈心疼得直咂嘴。我蹲下身，伸出冻红的小手，在地上捧啊，撮啊，任凭妈怎么拉我，也不肯起来。妈只好蹲下来,轻轻撮起跌碎的烧饼,吹去外面的灰,让我凑在她掌心里吃下。烧饼落肚,我抬起头,看见妈妈的眼眶里满是泪水……

爸后来知道这一幕,特地从乡下回来,领我们全家去马祥兴吃了一顿。记得是在二楼,临窗的座,外面下着雪,里面很暖和。爸点了很多菜,叫我们放开肚子吃。具体什么菜名记不清了,只有一个叫"美人肝"的一直让我记着,爸说这是这家店的名菜。尝一口,也没吃出什么特别的味来,好像还没有鸭油酥烧饼好吃。

这事一晃过去了几十年,鼓楼那家回民馆子,名字改了又改,门面变了又变,后来也不晓得变成什么样了,似乎跟我都没什么关系了。直到2005年秋,老友严敦志先生约我写一篇有关马祥兴的文章,名字都初步拟定了,叫《马祥兴传奇》,尘封已久的记忆闸门,这才轰然打开;有关百年老店马祥兴的种种传说,也从不同渠道,纷至沓来……

我和严敦志先生相识多年。为了这本书,他和我有一长谈。他强烈的南京餐饮情节和使命感给我留下极深的印象,也深深地打动了我。严先生曾经营过我市多家酒店,后被提拔从政,但他始终割舍不下"商情",1999年毅然辞官,当了南京一家大型饭店的总经理,现在已是南京古南都投资发展有限公司董事长,并当选为中国饭店协会副会长。

对金陵餐饮向有潜心研究的严敦志先生,说及南京菜,提出了如下理念,我觉得很值得我们思考:

南京饮食文化在南京文化历史的发展中有着特殊的地位。地处南北交汇地理位置的南京,历史上曾经多次成为全国的政治、文化中心,南京餐饮业应运而生,顺势而发,以本地菜为基础，汇集着来自全国的各大菜系，形成一个生机勃勃的大产业，历史上留下众多名店、名厨、名菜。改革开放以后，南京餐饮业又有了新的发展，餐饮商会就曾经为引进外帮菜馆来宁经营做了许多工作。这几年，广东菜风靡一时，四川菜呼啸而至，如今席卷了南京大街小巷，规模颇大的浙江帮和杭菜，均为丰富南京餐饮市场起到了很大的推动作用，也为各种经营方式在南京交融创造了条件。令人遗憾的是，曾在全国享有盛名的一批南京名菜馆，这几年则因"经营理念老化，管理手段落后，历史包袱沉重，菜肴服务俗套"，而在市场上丧失了应有的地位。南京是一个包容性很强，海纳百川的城市，给来宁创业的外帮菜企业提供了广阔的发展空间。那么，对于我们来说，就更应该有理由在这片土地上孕育出具有浓郁地方特色，符合现代潮流并能继承优秀传统的菜肴和餐馆来。此次"马祥兴"的重建给我们带来了契机，如果我们能在马祥兴复业之前，将马祥兴这段跨越了从清至民国到解放的历史过程，将马祥兴历史上许多脍炙人口的"菜肴故事"编撰成册，从而进一步见证古金陵的荣辱兴衰，那将是南京餐饮业的一大幸事。

上述见地，令我深受触动。作为一个传媒人，我一直对南京的题材感兴趣，一直想写一部能反映南京历史的书，哪怕不能反映得很全面，只鳞片爪也好。可以说，马祥兴的兴衰史在一个侧面、一定程度上正是浓缩了的南京近代百年史。严敦志先生恳切的邀请，让本人的长期愿望在挖掘马祥兴的历史上得以实现，如此良机，岂能错过，我欣然应命撰写《马祥兴传奇》。

随后我投入到紧张的采访和写作之中。但我还是遇到了许多作家遭遇过的难题——艺术真实和历史真实的矛盾；历史人物评价问题；后人对先人的认识与作者不相一致的问题；以及回民饮食及其习惯、清真菜系形成等诸多难题……

说白了，就是我想写的这些人，大部分已不在世了，要想了解当时的情况，了解他们当时的行为思想、生活细节，都是不可能的；而他们的后人，很可能对涉及其先人的每一处细节，都会认真揣摩乃至提出质疑，稍有不慎，说不定会惹出官司。这时候，我才明白严敦志先生为什么当初请我写此文时，连标题都定下了，叫"传奇"。传说，老百姓口口相传的说法；奇事，复杂历史背景下演绎的离奇故事。你可以当作历史故事，以"戏说"的心态面对，也可以当作历史的一页，给自己增加点知识与趣味。

当然，我还是不想写得太虚，也就是说，不想随心所欲，编得太过离奇。

我想，马祥兴这个百年老店，在南京人的心目中，是有很深情结的。很多"老南京"对马祥兴相当熟悉，你编得离谱，人们不仅不会接受，说不定还会反感；其次，书中所写的人物，尤其是马家人，包括他们的亲戚，人名、辈分都不能搞错，就是民国时期的那些政要，也都是真实人物，不能随意编撰。因此，我只能发挥我当记者的特长，又努力加入我多年文学创作的积累，弄出这本"四不像"。

感谢原马祥兴菜馆办公室主任周辉群先生，提供了大量的资料和采访线索；感谢马定松的女儿马月娥、马月惠，讲述了许多马祥兴的历史以及她们的长辈，帮我理清了马家的人物关系以及他们的出生年月；感谢全国政协委员、中国伊斯兰教协会副会长伍贻业教授，让我了解了许多伊斯兰教知

173

识，以及伊斯兰教在南京的历史沿革；最后还要感谢我的同事速泰春，他是我的老师，也是我的好友，最令我没有想到的是，他居然还当过马定松的关门弟子！他对我的写作提出了许多关键性意见，并且审核了书稿，使我少走了许多弯路。

我这本"四不像"的书，首先，它是传记式的，即真实人物，真实事件，比如马祥兴的历代传人，民国时期的历史人物，以及历史上的大事件，都保持原貌，力求真实；说故事，则虚虚实实，虚实相间。尽管我查阅大量历史文献，却难以找到这些历史人物在马祥兴的活动内容。虽然人们每天离不了吃吃喝喝，但在他们的大事记上，是不会也不屑于记录这些的。我只有在求证他们在南京的活动足迹，搜索他们的真实故事时，尽量和马祥兴扯上关系。当然，许多"关系"，也不是我主观臆造，而是有口头文学或野史可考的。比如马思发当年到南京来，是只带了儿子马盛祥一人，还是拖家带口（另有妻或女）？我采访几个有关当事人，说法都不一致。最终我以马定文在文史资料上发表的文章为准，取了后一种说法。再如，于右任题写对联，究竟在 1920 年左右，还是在 1927年国民军北伐以后？我取它们之间；胡先生豆腐究竟指是胡翔东还是胡小石？按时间推断，胡翔东的可能性更大，但各种记述较乱，且民间传说更多栽在胡小石头上，我干脆就把两种说法一齐摆上，让大家发挥想象……

汪兆贵和薛慕莲两个人物是虚构的。这里说一下我的难处，文学创作，多以人物为主，人物刻画是否成功是文学作品成败的关键所在。马祥兴四代传人，起码要写四个以上主要人物，如果这样铺陈，人物主次模糊，又看不出贯穿主线，读者将难得要领。因此，我设计了汪兆贵这个人，将马祥兴从太平天国到抗战这一段时期的故事串联起来，同时带出历史上与马祥兴颇有关联的人物：汪精卫、于右任等——也是不得已而为之。尽管如此，因人物过多，我本人以为，还是削弱了应有的文学性和可读性，深表遗憾！

关于马祥兴的主人公，前面重点写了马盛祥，后面侧重写的是马定松。因为从故事发展上看，这两个人物能够将马祥兴的兴衰历程贯穿起来，也能将马祥兴的菜艺做比较系统的介绍。对此，仍有人持有看法，他们更重视家族这条线，认为马祥兴的四代东家才是马祥兴真正的主人。我觉得他们把宗族上的"家业主人"和文学意义上的主人公这两个概念混淆了，我所写的其实不是马祥兴家谱，更不是为其后人分遗产提供依据。事实上，新中国成立后马祥兴早已收归国营，店名都经过注册商标了，纠缠这些还有什么意义？

我写了马思发一副担子闯金陵的艰难崛起，我写了马盛祥侠肝义胆助革命的诚信，我写了马德铭在南京文化人的帮助下，促使马祥兴两次兴盛的过程，也写了马定松作为长房长孙为何没有继承祖业、却又在实践中成为一代名厨的过程……其实，马定松的夫人2005年才过世，与马祥兴相关的许多老人也还健在，如果写出1949年后马祥兴的起落，也肯定是一篇极有意思的文章。但我觉得那已不是我这本书能够涵盖的内容了，况且，许多恩怨情仇，因历史的原因，一时也是说也说不清了。我想还是暂且打住，以后再说。

马祥兴是南京的一个缩影，具有很强的城市象征性。我爱南京这座城市，我希望我笔下的人物及其这座城市让大家在阅读后能产生一些美感快意，在"传奇"的氛围中，不仅能领略马祥兴百年老店的美味佳肴，也能体味一丝旧影秦淮的文化气息……

后记二 写于再版

　　严格讲，此书不能叫再版，因为第一本《马祥兴传奇》没有正式出版，只是在《金陵晚报》上部分连载后，作为一个内部发行的小册子，在店里随餐附送。这在当时，多少叫我有些尴尬——15年前，应严敦志先生写此书时，我是严格按照正规出版要求，认真采访，认真撰写的。没想到他们后来考虑出书成本原因，居然只在内部当作宣传品发放了，这让我颇为遗憾！

　　感谢南京出版社社长卢海鸣先生，2018年底邀我去马祥兴吃饭，无意中看到此书，匆匆翻阅，击节叫好。想跟店里再讨一本，谁知竟不可得——店领导说，要这书的人很多，早发光了。那意思是说，要不是看你老吴本人前来，且是一帮文人，连这最后一本也没有哩！卢海鸣先生顿时大呼可惜，说作为南京地面的一个做书人，竟不晓得南京有这么一本好书。出于职业习惯，他想看看是哪家出版社出版的？翻过来倒过去，看了半天才发现："哎呀呀老吴，你这本书是非法出版物耶！"

遂有了正式出版此书的动念。

感谢卢海鸣先生，慧眼识珠；也感谢严敦志先生，为此书出版大开绿灯，并保留原来前言；更感谢南京出版社编辑，半月不到就打出电子书稿，且帮我找到有关马祥兴的许多新鲜资料，让本书内容更加翔实。需要说明的是，此书正式出版，原先还打算采访一些当事人，包括当年采访时想采访而未曾来得及采访的先贤达人。可惜一了解，有的已经故去，有的已无法接受采访了。所以，本书在时间跨度上依然保持原来只写到1949年新中国成立止，新中国成立后的"公私合营"等情况，均不涉及。其次，既是一家南京的百年老店，我在语言上尽量使用南京方言，想让读者打开扉页，就能扑面感受到它浓郁的南京味儿。如果要说改动稍大些的地方，就是加入了蒋驴子发家的故事。

关于南京蒋驴子发家的故事，民间传说很多，且因为故事发生年代距今不远，版本也很混乱，老门东如今甚至还部分恢复了他家早年"九十九间半"的古宅规模。不过，蒋驴子究竟是谁？他究竟是如何发家的？研究者各抒己见，从来没有一个统一的版本，也没有出土资料可以佐证。就如同现代许多富翁，老百姓始终无法理解他们的第一桶金是哪里来的一样，我还是采纳了"太平军藏宝"一说。虽说是野史，无法考证，但野史未必就不如正史可靠。比如南京大报恩寺的来历，明正史言之凿凿说是朱棣为纪念他的生母马皇后，其实后来考证他的生母不是马皇后，而是硕妃，且在明中期有负责看管大报恩寺的官员亲眼所见，供台上供着的就是那个被他狠心的父亲穿铁裙虐死的硕妃……我想我这本书本就是传奇体例，马祥兴的发家史从时间和地域上与蒋驴子的故事又有许多交集，那我就不管他是富豪蒋寿山还是民营企业家蒋翰章（有研究文章说他们其实就是一人），且将他们真名隐去，只将他们在民间流传最多、最广的故事，融合到我的传奇里去，既增加民风民俗，也增加其可读性，有何不可？

这是本书"再版"的最大改动，足有上万字。至于传说来自何处？哪些地方还有争议？我也在引用时，尽量备注说明了，以示其严肃性。至于读者见仁见智，我也就顾不上，只能在此说一声：抱歉了！

是为再后记。

吴晓平
2020 年 3 月